I0743457

LA RÉBELLION DU DÉSIR

LA LIGUE DES REBELLES
TOME V

LAUREN SMITH

Traduction par
VALENTIN TRANSLATION

Ce livre est une œuvre de fiction. Les noms, personnages, lieux et événements sont le fruit de l'imagination de l'auteure ou sont utilisés de manière fictive. Toute ressemblance avec des situations réelles ou avec des personnes existantes ou ayant existé ne saurait être que fortuite.

Titre original : Her Wicked Longing – Copyright Lauren Smith

Traduit de l'anglais (États-Unis) par Valentin Translation - Copyright 2023

Tous droits réservés. La numérisation, le téléchargement et le partage électronique de toute partie de ce livre sans l'autorisation de l'éditeur constituent un piratage illégal et une atteinte à la propriété intellectuelle de l'auteure. Si vous souhaitez utiliser des éléments du livre (autrement qu'à des fins critiques), vous devez obtenir une autorisation écrite préalable en contactant l'éditeur à l'adresse lauren@laurensmithbooks.com. Merci de votre soutien envers le droit d'auteur.

L'éditeur n'est pas responsable des sites Web (ou de leur contenu) qui ne lui appartiennent pas.

ISBN: 978-1-960374-03-5 (version e-book)

ISBN: 978-1-960374-04-2 (version papier)

LA RÉBELLION DU DÉSIR

Lauren Smith

AVANT-PROPOS

À vous qui me lisez...

Parfois, une histoire doit débuter à un point précis. Cela signifie que certaines scènes sont omises. Avant de commencer à rédiger les histoires d'Audrey et de Gillian, j'ai eu l'idée soudaine et (j'espère que vous en conviendrez) géniale de raconter deux nouvelles qui déboucheront sur les aventures complètes des deux jeunes femmes. Ces deux histoires ne sont donc pas des scènes supprimées et elles n'ont pas été retirées des livres d'Audrey et de Gillian, mais j'avais la sensation qu'elles devaient être racontées.

Ces deux nouvelles vous raconteront ce qu'ont fait la dame et la suivante dans la journée qui a mené à leurs aventures quand elles ont décidé d'infiltrer le Hell-fire Club. Alors, pardonnez-moi si ces histoires se terminent sur une note d'incertitude. Je vous promets qu'Audrey et Gillian connaîtront leur fin heureuse avec Jonathan et James dans leurs propres romans : *Un secret rebelle* et *Le Comte de Pembroke*.

PARTIE I

CHAPITRE 1

Gillian Beaumont savait que cette journée n'allait pas être de tout repos. Alors qu'elle essayait de dompter les boucles des cheveux de sa maîtresse, elle s'inquiétait de la lueur malicieuse dans les yeux d'Audrey Sheridan. Gillian était accoutumée à cette lueur espiègle, mais ce jour-là, elle semblait doublement intense, et la façon dont le coin des lèvres d'Audrey s'incurvait en un petit sourire ne faisait qu'accroître l'inquiétude de Gillian. La dernière fois qu'elle avait affiché cet air-là, Audrey avait pourchassé un des Rebelles autour d'un sofa, exigeant d'être embrassée.

— Voilà, Milady.

Gillian acheva d'enfoncer la dernière épingle dans la chevelure de sa maîtresse.

Les yeux bruns d'Audrey pétillèrent quand elle croisa le regard de Gillian dans le miroir.

— Parfait. Je dois être au summum de ma beauté aujourd'hui. La Ligue passe prendre le thé dans une heure et...

Une rougeur délicate envahit ses joues.

— Mr Saint-Laurent sera-t-il là ?

— Euh... Je suppose, répondit vaguement Audrey.

Gillian savait parfaitement ce que sa maîtresse ressentait envers ce gentleman. C'était un très bel homme avec des yeux verts et des cheveux blonds décolorés par le soleil. Gillian admettait qu'il était attirant, mais il ne lui faisait pas ressentir ce qu'elle croyait que les femmes ressentaient pour un homme qu'elles désiraient.

Gillian regarda son propre visage dans le miroir tout en rangeant la coiffeuse. Elle était peut-être différente des autres femmes. Elle plaça les brosses à manches d'ivoire près d'un set de peignes raffinés en écailles de tortue. Contrairement aux cheveux châtain sombre d'Audrey, ceux de Gillian étaient d'un brun tout ce qu'il y a de plus commun, tandis que ses yeux étaient gris chiné. Elle n'avait jamais été une beauté, mais elle n'était pas non plus repoussante. En soi, elle était l'exemple parfait d'une femme commune qui était à sa place en tant que suivante ou compagne d'une lady.

Fille bâtarde d'un comte, Gillian avait appris à ne pas trop espérer de ses circonstances, bien que son père se soit assuré qu'elle et sa mère ne manquent de rien. Elles avaient vécu des vies confortables quoique modestes dans une petite maison de ville près de Mayfair. Elle avait quinze ans quand son père était mort et avait été forcée de travailler en tant que suivante pour subvenir aux besoins de sa mère défaillante. Elle n'avait jamais été une compagne, mais une amie de sa mère lui avait fait savoir que le vicomte Sheridan cherchait une suivante pour sa sœur cadette, du même âge qu'elle.

Il était rare d'avoir une suivante aussi jeune, mais Audrey avait insisté pour qu'on trouve quelqu'un de son âge. C'était ainsi que Gillian, qui allait sur ses seize ans, était devenue la bonne d'Audrey ainsi que son ombre loyale et protectrice. Un an plus tard, la mère de Gillian était morte.

Maman est partie et je me retrouve toute seule.

Elle fronça les sourcils. Ce n'était pas vrai. De bien des façons, être la suivante d'Audrey était un peu comme d'être son amie. Elles partageaient des secrets et participaient à bien plus d'aventures que Gillian ne l'aurait voulu. Il y avait entre elles une familiarité rare entre une suivante et sa lady. Audrey avait un cœur généreux et un esprit qui ne se laissait pas mettre en cage.

— Gillian, pourriez-vous aller me faire quelques courses aujourd'hui ? Je crois que nous avons des articles à poster dans la *Gazette de la Lorgnette* qui devront être publiés dans les semaines qui viennent. Voudriez-vous bien vous en occuper ?

Audrey jouait avec la ceinture de sa robe en batiste

bleue, parfaitement ajustée à sa taille fine. La robe présentait des motifs décorés sur le corsage. La coupe du vêtement et sa taille haute allongeaient la silhouette minuscule d'Audrey. La jupe ample était bordée d'une gaze couleur lavande qui la faisait paraître légère et presque plumeuse sur l'ourlet.

Audrey avait des goûts exquis, chose qu'elle souhaitait également que sa suivante cultive. Gillian portait une robe de mousseline lavande qui avait plus de panache que ce qu'une suivante aurait généralement porté. Elle s'approchait du style de robes qu'elle portait lorsque son père était encore en vie.

— Alors, cela ne vous fait rien ?

La voix d'Audrey tira Gillian de ses pensées.

— Bien entendu. Je suis désolée, Milady. J'étais perdue dans mes pensées. Oui, laissez-moi les articles et je m'assurerai de les remettre à qui de droit.

— Parfait.

Audrey se dirigea vers son écritoire et en retira quelques articles soigneusement empaquetés qu'elle tendit à Gillian.

— Avez-vous besoin d'autre chose, Milady ? demanda Gillian.

— Non, pas pour le moment. Oh, souvenez-vous : ce soir, nous nous rendons au Hellfire Club.

Gillian se figea, le dos raidi. Le Hellfire Club, comment avait-elle pu oublier ?

— Milady, je ne pense vraiment pas que nous devrions...

Audrey tapa délicatement du pied et croisa les bras sur sa poitrine.

— Gillian, vous savez que cet horrible Gérald Langley appartient à ce club. Comment s'appelait-il déjà... ?

Audrey inclina la tête, levant les yeux au ciel, ayant l'air de se creuser les méninges.

— Les Pécheurs et les Sadistes ? Non... Attendez !

Elle brandit un index.

— Les Pécheurs Impies de l'Enfer.

Gillian eut un mouvement de recul.

— Devons-nous vraiment nous y rendre ce soir ? Ces hommes sont peut-être dangereux.

Ce n'était pas comme si leurs vies étaient dénuées de commérages et d'aventures, puisque Cédric, le frère aîné d'Audrey, était membre de la tristement célèbre Ligue des Rebelles. Plus d'une fois, Cédric et ses amis s'étaient retrouvés dans des situations potentiellement mortelles, et ils causaient des scandales au moins deux fois par mois. La dernière chose dont Audrey aurait besoin était d'aller se fourrer dans d'autres histoires... Du moins était-ce l'opinion de Gillian.

— Balivernes ! Nous n'aurons pas le moindre problème. Ils permettent aux femmes d'assister à leurs festivités impies, et si nous prenons Charles et son valet en tant qu'escortes, nous serons en sécurité.

— Lord Lonsdale ? Ce n'est pas exactement un homme à la réputation reluisante. Souvenez-vous des cygnes. Tout le monde était vraiment scandalisé.

Audrey pouffa.

— Bien sûr que je m'en souviens. J'étais présente. Charles n'est pas si terrible. J'ai eu toutes les peines du monde à essayer de l'embrasser, si vous vous en souvenez bien. Il est plus gentleman qu'il veut bien le laisser croire.

Avec un petit *hum* qui n'était pas vraiment un assentiment, Gillian se dirigea vers la porte, mais Audrey l'arrêta.

— Les robes ! J'avais complètement oublié. Vous devez passer chez Madame Ella pour récupérer les robes. Essayez-les pour vous assurer qu'elles vont bien, dit Audrey.

Gillian soupira et hocha la tête. Ce n'était pas la première fois qu'on lui demandait d'essayer une des robes d'Audrey. Les deux femmes avaient à peu près la même silhouette, étant toutes les deux petites et plantureuses. Elle soupçonnait sa maîtresse de vouloir lui donner un petit frisson de plaisir, mais Gillian craignait de finir par désirer des choses qu'elle ne posséderait jamais.

Dès qu'elle avait été assez mûre pour comprendre sa place en tant que fille illégitime d'un membre de la paierie, elle avait cessé de s'extasier sur les robes les plus jolies et avait abandonné l'idée de trouver un gentleman gentil à épouser. Accepter son destin de domestique l'avait sapée, et même si elle adorait travailler pour Audrey – y compris lorsqu'elles se fourraient dans des situations impossibles –, cela ne l'empêchait pas de rêver à une vie tranquille quelque part, dans un petit cottage.

— Je vous remercie.

Audrey la poussa doucement dans le couloir et Gillian descendit l'escalier pour prendre son bonnet ainsi que son porte-monnaie. Le temps qu'elle rentre des courses, la Ligue des Rebelles et leurs épouses seraient arrivés pour le thé et Audrey n'aurait guère l'occasion de s'attirer des ennuis.

Gillian sourit au jeune Sean Hartley, le beau valet irlandais, quand il lui tendit un petit porte-monnaie.

— Et quelles courses notre maîtresse vous envoie-t-elle faire aujourd'hui ? demanda Sean.

Son accent irlandais et sa beauté étaient une tentation pour toutes les femmes de chambre de la résidence Sheridan.

— Je dois aller récupérer quelques robes et poster aussi quelque chose. Pourriez-vous faire venir la calèche ?

Sean lui adressa un large sourire.

— Encore des robes ! Elle n'en a donc pas suffisamment ? la taquina-t-il avec un clin d'œil.

Gillian lui rendit son sourire.

— Non, en effet.

Elle aimait bien Sean. Il était comme un frère aîné, taquin et gentil.

Il la laissa seule dans l'entrée pendant qu'il alla chercher la calèche. Elle serrait contre sa poitrine son sac et les articles de la *Gazette*, s'assurant de ne pas les laisser tomber accidentellement. Personne n'était là pour la voir, ce qui était bien, car Sean connaissait la vérité sur la double vie d'Audrey. On pouvait lui faire confiance, mais ni Audrey ni Gillian n'auraient voulu courir le risque que quelqu'un d'autre soit au courant.

C'était le secret le mieux gardé de sa dame. La célèbre Madame Société, la chroniqueuse mondaine anonyme et parfois excessivement critique de la *Gazette de la Lorgnette*, n'était autre qu'Audrey Sheridan. Cela faisait à présent plusieurs années que la maîtresse de Gillian écrivait des articles, défiant des gentlemen de s'abandonner à l'amour et exposant en public les membres de la société qui cherchaient à nuire aux autres. Son passe-temps favori était de jouer aux entremetteuses pour les Rebelles chers à son cœur.

Sa dernière victoire avait été d'exposer un pari à White's. Un homme du nom de Gérald Langley avait offert cinq mille livres pour qu'on détruise publiquement la réputation d'une femme. Mais Audrey n'en avait pas terminé avec lui ; elle avait l'intention d'exposer l'implication de Langley dans le Hellfire Club.

Et je dois jouer le jeu, sans quoi elle s'attirera de véritables ennuis. Tentée d'éclater de rire, Gillian secoua la tête. Pourquoi devait-elle toujours être la voix de la raison ? C'était épuisant de devoir constamment éviter à sa maîtresse de s'attirer des ennuis. Ce dont Audrey avait besoin était d'un homme qui lui courrait après et veillerait sur elle pendant qu'elle vivrait sa vie d'aventures. Un homme comme Jonathan Saint-Laurent. Quand Audrey serait mariée, le mari de sa maîtresse deviendrait l'allié de Gillian et elle pourrait enfin se détendre.

Sean revint et lui ouvrit la porte de la maison.

— Ne vous inquiétez pas. Je vais veiller sur elle, promit Sean.

— Je vous remercie.

Gillian le pensait. Elle s'inquiétait, comme le faisait tout le personnel, qu'Audrey aille se fourrer dans une histoire dont elle ne parviendrait pas à se tirer s'ils ne veillaient pas sur elle. Gillian grimpa dans la calèche, se cala confortablement et ferma brièvement les yeux. Si elles devaient infiltrer le Hellfire Club après minuit, la nuit allait être longue.

Le temps qu'elle arrive à l'atelier de Madame Ella, elle s'était reposée et avait réussi à livrer les articles de Madame Société à leur éditeur. Elle se sentait revigorée et prête à procéder aux essayages pour le compte d'Audrey. Connaissant sa maîtresse, cela prendrait un moment si les robes étaient élaborées... Ce qu'elles étaient toujours.

Elle demanda au cocher de l'attendre pendant qu'elle serait à la boutique. Une femme d'âge mûr aux cheveux argentés était agenouillée près d'une jeune femme qui portait une robe de soir rose. La jeune femme devait avoir le même âge qu'Audrey et Gillian, aux alentours de dix-neuf ans. Elle avait des cheveux marron clair, profession-nellement coiffés, et adressa un regard plaisant à Gillian, supposant à sa tenue qu'elle appartenait probablement au même cercle social.

Madame Ella leva les yeux et sourit.

— Miss Beaumont ! Quel plaisir ! J'ai les robes, mais vous allez devoir les essayer toutes les deux pour en être certaine.

La couturière savait que Gillian essayait les robes quand Audrey ne pouvait pas se déplacer en personne.

— Bien entendu.

Gillian traversa la boutique et posa ses affaires dans une petite zone derrière un rideau. Puis elle prit les deux robes que lui tendait Madame Ella. Elle retira rapidement sa propre robe de promenade et essaya d'abord sa propre robe de soirée toute simple. La boutonnière était sur le devant et elle n'eut aucun mal à s'examiner dans le miroir étroit de la petite zone d'essayage. Elle eut toutefois besoin d'aide pour lacer l'arrière de la robe de soirée d'Audrey.

— Madame Ella ? appela-t-elle. J'ai besoin d'aide pour les lacets.

Le rideau bougea et elle se tourna à moitié, jeta un regard par-dessus son épaule et en resta bouche bée. Un homme séduisant avec des cheveux sombres et de doux yeux bruns la regardait, les lèvres entrouvertes. Il tenait à la main une paire de gants fauves, mais il ne bougea pas. Son dos partiellement délacé était exposé à son regard. Ses yeux suivirent la ligne de son échine dénudée et elle put presque sentir son regard, comme des doigts invisibles qui dansaient sur sa peau.

Elle avait le vertige en songeant qu'il la voyait ainsi exposée et vulnérable d'une façon terriblement sensuelle. Il sourit, lui faisant entrevoir ses pensées alors qu'il la parcourait à nouveau des pieds à la tête. Accrochant son regard brun, elle eut l'impression de tomber dans un abîme de pensées sombres et érotiques. Une petite voix au fond de son esprit la prévint qu'elle se trouvait en territoire dangereux. Si elle avait été une femme comme Audrey, cela l'aurait compromise.

— Toutes mes excuses.

L'homme se reprit et détourna les yeux, ses joues devenant écarlates. Gillian rougit aussi. Elle n'avait toujours pas recouvré l'usage de la parole. Quand elle regardait ce grand inconnu ténébreux, elle était tout bonnement incapable de *penser*. Son cœur battait follement et son corsage était soudain trop serré.

— James ? appela une voix féminine. Où êtes-vous ? J'aimerais voir si ces gants sont assortis à cette robe.

James, son bel inconnu, lui adressa un demi-sourire puis abaissa lentement la main qui retenait le rideau. Juste avant que son visage ne disparaisse, il accrocha son regard et murmura avec un sourire arrogant :

— N'ayez jamais honte de montrer une peau aussi jolie.

Le rideau retomba en place et Gillian eut soudainement l'impression de pouvoir recommencer à respirer. Elle serra les bras contre sa poitrine, ses seins se soulevant. Elle essaya de se calmer. Qui était-il ? Pourquoi n'avait-il pas refermé le rideau immédiatement ? Il devait forcément savoir à quel point son comportement était scandaleux.

— Miss Beaumont ? Puis-je venir vous aider à lacer la robe ? l'interpella madame Ella de l'autre côté du rideau.

— Oui, entrez, je vous prie, répondit-elle d'une voix haletante.

La couturière entra et resserra adroitement les lacets.

— Alors, comment vous va-t-elle ? demanda madame Ella.

Gillian étudia rapidement la robe et hocha la tête.

— Cela ira. Merci, madame Ella.

Elle essayait désespérément de remettre de l'ordre dans ses idées. Le reverrait-elle dans la boutique ? S'il avait aidé une femme à acheter des gants, ils étaient probablement déjà partis, puisqu'elle avait pris son temps pour finir d'essayer la robe d'Audrey. Elle espérait qu'il serait parti afin qu'elle ne soit pas forcée de lui faire face, mais elle ne voulait également pas qu'il disparaisse. Les deux sentiments la tiraillaient dans des directions opposées. Elle renfila sa robe lavande et quitta le vestiaire. Son chausson se prit dans le tapis et elle tituba.

— Oh !

Gillian hoqueta, se préparant mentalement à la chute, mais au lieu de cela, elle s'affaissa contre une poitrine masculine dure comme l'acier. Des mains douces s'enroulèrent autour de sa taille, la retenant. L'homme la saisit plus fermement et elle se sentit légèrement soulevée dans ses bras au point de se retrouver entièrement plaquée contre lui. L'odeur attirante du bois de santal et du pin lui emplit les narines et elle leva la tête pour regarder cet homme.

Lui.

Ce bel inconnu appelé James. Ses yeux bruns étaient emplis de chaleur et de lumière. Elle eut des papillons dans le ventre.

— Je vous réitère mes excuses.

James ricana et hésita un moment avant de lui lâcher la taille.

— James ? Que faites-vous ? C'était la jolie brunette que Gillian avait vue en entrant dans le magasin.

— Letty.

James la salua chaleureusement et s'écarta de Gillian, mais juste à peine pour permettre à l'autre femme de s'approcher d'elles.

— Bonjour, dit Letty à Gillian en souriant. Ne me dites pas que mon frère aîné vous a embêtée ? Il a juré qu'aujourd'hui, il se tiendrait correctement. Je ne le crois pas une seule seconde. Il est un peu rebelle, voyez-vous. Il s'attire toujours des histoires.

Les yeux de Letty étaient du même brun enchanteur que ceux de son frère. Bien malgré elle, Gillian fut soulagée qu'ils soient frère et sœur et pas...

Cela n'aurait pas dû compter, et pourtant...

— Non, il est très bien. Je veux dire. Il s'est bien comporté...

Une nouvelle vague de chaleur et d'embarras s'abattit sur elle. Elle ne parlait généralement pas aux dames, pas ainsi.

—Je crois que j'ai bouleversé la journée de Miss...

Dans l'expectative, James regarda Gillian, espérant de toute évidence qu'elle lui dise son nom. Ce n'étaient pas des présentations convenables, mais au point où ils en étaient, *rien* entre eux ne l'avait été.

— Beaumont. Gillian Beaumont.

Feu Richard Beaumont avait été le comte de Morrey, mais même si elle portait le nom de son père, personne ne risquait de faire le lien ou de deviner qu'elle était née illégitime. Il y avait beaucoup de Beaumont à Londres sans le moindre lien avec le titre de Morrey.

— C'est un plaisir de vous rencontrer, Miss Beaumont. Je suis Leticia Fordyce, et voici mon frère James, le lord Pembroke.

Gillian faillit avaler sa propre langue. *Le comte de Pembroke.* Elle avait entendu les murmures des amies d'Audrey pendant le thé, qui parlaient de cet homme au sourire coquin et aux doux yeux bruns. Il oscillait entre le fantasme du rebelle et le gentleman idéal. Il était une énigme que les femmes de la bonne société ne parvenaient pas à résoudre. Et pourtant, personne n'avait conquis son cœur. C'était exactement le type d'homme avec lequel elle aurait eu envie de danser au bal, un gentleman avec qui elle aurait pu avoir sa chance si sa mère avait été l'épouse du comte de Morrey et non sa maîtresse. Toutefois, cette vie ne pourrait jamais être la sienne et elle devait arrêter de penser à ce qui aurait pu être.

Gillian eut du mal à réfléchir.

— Ravie de vous rencontrer tous les deux, parvint-elle enfin à répondre.

Que ferait Audrey Sheridan ? Gillian savait exactement ce qu'Audrey aurait fait : tout le contraire de ses propres actes.

— Alors, mon frère bouleverse votre journée ?

Letty afficha un petit sourire taquin qui joua sur sa bouche arquée alors qu'elle les observait. James baissa les yeux vers ses bottes avant de les relever vers Gillian, un sourire penaud attirant son attention sur ses lèvres. Cet homme avait des lèvres qui appelaient au baiser. Elle sursauta. Elle se permettait rarement de songer à des hommes de la sorte. Sa vie avait toujours été centrée sur le travail et l'activité. Survivre à Londres signifiait abandonner tout projet de mariage. Aucun homme n'épouserait une femme pauvre et illégitime, du moins pas un homme d'un statut supérieur.

— Je crois que lord Pembroke vous cherchait et je lui suis rentrée dedans, répondit Gillian en essayant de ne pas trahir sa nervosité.

Elle n'avait pas l'habitude de s'adresser directement à des membres de la paierie.

— Ah ! pouffa Letty. Nous avons fini avec madame Ella. Vous aussi ? J'ai pensé que nous pourrions aller manger une glace chez Gunter's. Voulez-vous nous accompagner ?

L'expression de Letty était tellement pleine d'espoir que Gillian ressentit un pincement de culpabilité. Elle devait refuser. Elle ne pouvait pas aller à Gunter's, pas avec le comte et sa sœur. Cela ne se faisait simplement pas. Ils l'avaient prise pour une dame bien née comme Audrey.

Elle s'efforça de trouver une excuse.

— Malheureusement, je dois me rendre dans une librairie pour acheter quelques romans.

— Oh...

Le visage de Letty se décomposa, mais James se tourna vers Gillian avec des yeux qui pétillaient.

— Nous aussi avons besoin de romans, n'est-ce pas, Letty ? Nous allons vous accompagner et une fois que nous aurons satisfait notre soif de littérature, nous pourrons apaiser notre soif physique chez Gunter's avec du thé et des glaces.

Le comte avait déclaré ses intentions avec une telle détermination que Gillian ne voyait pas comment elle allait pouvoir le lui refuser.

— Je suppose que ce serait acceptable...

Vivre un petit mensonge pendant quelques heures ne ferait pas de mal, n'est-ce pas ?

— Fantastique ! Avez-vous pris une calèche, Miss Beaumont ? Nous en avons une et nous serions ravis de vous ramener chez vous après Gunter's si vous souhaitez épargner ce trajet à votre cocher, proposa Letty.

— Oh non. Ce n'est pas nécessaire. Je vais lui demander d'aller à Gunter's et de m'y attendre, dit Gillian.

S'ils devaient la déposer à la résidence des Sheridan sur Curzon Street, James ne mettrait guère de temps à deviner qui elle était vraiment. Elle n'aurait pas la force de leur faire face s'ils découvraient sa tromperie. Si elle parvenait à maintenir ce simulacre pendant un petit moment, tout irait bien.

Je ne devrais pas faire cela... Mais Audrey n'a pas besoin de moi cet après-midi, et ce sera amusant de faire semblant pendant quelques heures. Cela aurait pu être ma vie dans des circonstances différentes. Elle savait que c'était égoïste de dire oui à cette folie, mais elle était fascinée par James et appréciait sa sœur. Une simple visite à la librairie et au marchand de glaces ne ferait sûrement pas de mal. Sûrement pas...

CHAPITRE 2

James Fordyce était ensorcelé. C'était comme si une enchanteresse était entrée dans la boutique de Madame Ella et l'avait pris au piège d'une toile chatoyante. À l'instant où il avait accidentellement ouvert le rideau du vestiaire et l'avait vue, c'était comme si, dans son esprit, aucune femme n'avait existé et aucune n'existerait plus jamais. Rebelle confirmé dont les actes auraient fait rougir son père s'il était toujours vivant, il avait pourtant l'impression devant cette femme d'être un gamin de dix-sept ans. Maladroit et la langue nouée, il l'avait regardée comme un veau.

La vue de ses épaules et de son dos dénudés lui avait ôté toute raison. La robe ouverte depuis la nuque jusqu'au sommet de son derrière joliment rebondi avait dévoilé sa peau laiteuse. Il s'était fait violence pour réprimer ses plus vils instincts qui lui criaient de lui saisir les hanches pour la plaquer contre lui.

Apercevoir ces douces prunelles grises avait signé sa perte. Elles étaient aussi pâles que la brume du matin qui couvrait un champ de bleuets. Plonger profondément dans ses yeux lui avait donné l'étrange sensation de flotter quelque part dans les nuages. Le temps s'était arrêté et il n'avait pas eu besoin de penser ou de respirer hors de ce simple moment. Jamais personne ne lui avait fait ressentir cela. Quelque chose chez cette femme le remplissait d'une envie sauvage de lui ôter ses vêtements et de la posséder là, dans la boutique de la modiste. Comment était-ce possible ?

Au dernier moment, il se remémora vaguement qu'il était un gentleman et que la voir dénudée risquait de perdre de réputation cette ravissante dame de haute naissance.

Gillian Beaumont.

Un nom charmant pour une femme qui ne l'était pas moins. Son visage n'était pas ce que la plupart des hommes considéreraient d'une beauté typique, mais il y avait quelque chose d'honnête et d'enchanteur dans ses yeux et la sincérité de son expression. Contrairement à nombre de ladies, Miss Beaumont ne dissimulait pas sa véritable personnalité. Il avait eu la chance d'avoir Letty avec lui pour la convaincre de les accompagner chez *Gunter's*. Il aurait sauté sur l'occasion de grappiller ne serait-ce que quelques heures avec cette femme.

Il escorta sa sœur et Miss Beaumont hors de la boutique en contenant son envie de sautiller comme un jeune garçon.

— Laissez-moi vous débarrasser.

Il retira les cartons de vêtements des bras de Miss Beaumont et la conduisit jusqu'à la calèche. Cela lui fournit l'occasion d'admirer l'ondulation de ses hanches et l'oscillation de ses jupes lavande quand elle s'éloigna un instant afin d'informer son cocher de l'attendre au salon de thé de *Gunter's*.

— J'espère que vous avez acheté cette robe violet foncé, celle que je vous ai vue essayer, la taquina James en croisant les doigts pour qu'elle ne bondisse pas hors de la calèche et prenne ses jambes à son cou.

—Je...

Elle afficha une rougeur charmante et il ne put s'empêcher de rêver à d'autres endroits où elle rougirait peut-être une fois qu'il s'étendrait sur elle dans un lit. Cette pensée le fit se raidir d'envie, mais il la réprima au prix d'un effort extraordinaire.

— Alors, l'avez-vous achetée ?

Il lui sourit en tendant les cartons au cocher qui les remisa dans les coffres situés à l'arrière.

Elle hocha la tête.

— Elle était déjà ajustée. Je n'avais qu'à vérifier.

Sa réponse était si méthodique qu'il eut envie de rire. Aucune dame de sa connaissance ne parlait comme elle. La plupart d'entre elles ne songeraient pas aux robes de façon si pratique. Elles se seraient plutôt pâmées sur la coupe du décolleté ou la broderie sur l'ourlet.

— J'en suis ravi. J'espère vous voir la porter rapidement. C'est une robe ravissante qui attirera l'attention de tous les convives masculins d'une salle de bal.

Elle baissa la tête et ses ravissantes joues restèrent écarlates.

— Je suppose que oui.

Sa voix contenait une note de mélancolie. Il inclina la tête. Elle devrait porter cette robe et ne pas la laisser dépérir dans un placard ! Ce serait une véritable honte.

Une fois qu'ils furent retournés à son véhicule, il ouvrit la portière de la calèche pour les dames. Tout en baissant la tête pour se hisser dans la voiture, il vit Letty empiler les cartons de robes à côté d'elle avec de grands gestes tout en déclarant d'une voix presque perçante qu'elle adorait les achats qu'elle venait de faire.

James dissimula un sourire devant la perspicacité et l'espièglerie de sa sœur qui avait compris qu'il voudrait s'asseoir à côté de Miss Beaumont. Il faudrait qu'il la remercie plus tard, parce que pour le moment, il devait investir le dernier siège disponible : celui au côté de leur nouvelle connaissance, qui lui accorda un regard surpris avant de se décaler à l'autre bout de la banquette. James s'assit, lui adressa un sourire et permit à son genou gauche de s'écarter légèrement vers elle pour entrer doucement en contact. Il était impossible de ne pas se délecter de la couleur qu'il vit monter à ses joues. Sachant se contenir, la demoiselle ne s'écarta pas de lui.

Quand ils pénétrèrent dans la librairie, il fut accueilli par cet agréable parfum poussiéreux du papier et du cuir âgés. La lumière de l'après-midi filtrait à travers les rideaux de l'avant du magasin, faisant luire et clignoter les inscriptions dorées des couvertures. Il avait toujours adoré lire et possédait une vaste bibliothèque à sa demeure de campagne. Il coula un regard à Miss Beaumont. Elle observait la boutique avec la même envie et la même estime pour la littérature qu'il ressentait. Percevant son attention, elle le regarda brusquement dans les yeux.

— Êtes-vous amatrice de littérature ? demanda-t-il doucement.

— Oui, absolument. Et, vous, Lord Pembroke ? répondit-elle en posant enfin les yeux sur lui.

— Oui, absolument, lui fit-il écho. Les livres nourrissent les rêves et les esprits des hommes autant que des femmes. Une personne qui n'aime pas les livres ne vaut pas la peine d'être connue.

— Je vous l'accorde. Quand on ne lit pas, on n'a souvent rien d'intéressant à apporter à une conversation, ajouta-t-elle.

— Bon, dit Letty avec un petit rire, je crois que je peux vous laisser pendant quelques minutes. J'ai besoin que le propriétaire m'aide à trouver le livre que je recherche.

Elle s'éclipsa alors dans une partie distante de la boutique où ils ne la verraient pas. James aurait voulu pousser un cri de triomphe. Visiblement, sa sœur jouait aux entremetteuses et il n'aurait pas pu en être plus heureux. Si elle avait fait fuir plus d'une femme qui avait tenté d'attirer son attention, Miss Beaumont paraissait lui plaire.

James escorta la demoiselle plus loin dans la librairie.

— Où puis-je vous guider ? Peut-être voulez-vous voir les dernières publications scientifiques... ou bien la section de philosophie... ou alors les derniers romans ?

— Les romans, si cela ne vous fait rien.

Ses yeux bleu gris contenaient une petite étincelle qui donnait à James l'espoir de pouvoir encore la conquérir grâce à son badinage.

— Les romans ? Par ici.

Il la précéda à travers d'autres allées encore plus remplies. Il ne savait absolument pas où trouver les romans, mais il fit de son mieux pour garder l'air assuré... jusqu'à ce qu'elle se mette à pouffer.

— Savez-vous où ils se trouvent ? demanda-t-elle en portant une main gantée à sa bouche afin de dissimuler un sourire.

— Euh... Pas dans cette boutique...

Il s'immobilisa pour regarder autour de lui.

— Ah !

Il désigna une pancarte dorée accrochée au-dessus de l'étagère la plus proche. Elle disait *Romans*.

— Vous avez de la chance, dit Miss Beaumont en pouffant.

— Hmm, souffla-t-il en carrant les épaules. Quelle sorte de romans cherchez-vous, Miss Beaumont ?

Son ton taquin fut récompensé par un sourire qui joua sur les lèvres de la jeune femme alors qu'elle regardait les étagères de livres qui l'entouraient.

— Je crains que vous ne me jugiez si je vous le dis.

— Balivernes ! Je ne jugerais jamais une dame, particulièrement aussi séduisante.

Elle lui coula un regard en inclinant la tête d'une manière que James trouva coquette. Il insista et comme un enfant, il fit une croix sur son cœur du bout de l'index.

Elle rit, mais détourna les yeux pendant un bref instant avant de le regarder à nouveau en face.

— Très bien, dit-elle en pointant le menton. J'apprécie les romans gothiques. L.R. Gloucester vient de publier un nouveau livre : *Lady Gloria et le Comte Fervent*.

Était-elle ravie par les châteaux, les forces surnaturelles et les situations désespérées ? James ne pouvait pas le lui reprocher ; lui aussi appréciait ce genre d'histoires.

— J'en ai lu un ou deux. Très amusant, je dois le reconnaître. Des tours, des tempêtes et des aventures amoureuses passionnées... C'est excitant, n'est-ce pas ?

Il fit courir le bout de son index sur l'étagère la plus proche, tapotant au passage le dos de chaque livre.

— C'est vrai, admit Miss Beaumont. Qu'aimez-vous lire, Lord Pembroke ?

— Eh bien...

Il s'interrompit pour réfléchir alors qu'ils contemplaient toujours les tomes empilés soigneusement sur les étagères.

— J'aime un peu de tout. C'est bon d'avoir des intérêts variés, mais je crois qu'à part les romans, j'apprécie la poésie.

— La poésie ?

Les yeux bleu gris de Miss Beaumont s'écarquillèrent.

— La plupart des gentlemen de ma connaissance n'ont aucune patience pour la poésie.

— Tant pis pour eux. La poésie est la fenêtre de l'âme. En quelques mots seulement, un bon écrivain peut déplacer des montagnes. J'en lis quand j'ai besoin de me renforcer.

Il réalisa qu'il n'avait pas eu l'intention d'en révéler autant à cette femme.

— Et quelles lectures vous renforcent-elles ? s'enquit Gillian.

— John Donne. Je sais, c'est un peu vieux jeu, mais il y a quelque chose chez lui...

Miss Beaumont s'attarda près de l'étagère et son regard s'égara dans le vide alors qu'elle se remémorait un passage de Donne.

Laissez les cartes aux autres, qui montrent des mondes sur des mondes,

> *Nous ne possédons qu'un monde ; chacun en a un et en est un à la fois.*

James resta bouche bée quand il reconnut *Le Bonjour* de Donne, puis il ne put s'empêcher de répondre.

Si nos deux amours ne font qu'un,

> *Ou toi et moi aimons de façon similaire et sans relâche,*
> *Personne ne peut mourir.*

Elle frissonna et il ressentit lui aussi cette sauvagerie qui courut sous sa peau jusqu'à créer un frisson insistant le long de ses bras et à l'arrière de son cou. Ils se ressemblaient tant qu'il était étrange qu'ils ne se soient pas encore rencontrés. Comment était-ce possible ? Il avait rencontré pratiquement toutes les femmes de Londres en âge de se marier, depuis les débutantes jusqu'aux vieilles filles sur le retour. Il n'avait toutefois jamais aperçu cette beauté dans une salle de bal.

— Parfois, c'est agréable d'échapper à sa vie quotidienne, n'êtes-vous pas d'accord ? demanda Miss Beaumont.

Échapper à sa vie quotidienne ? James ne put s'empêcher de se demander ce qu'il y avait de si négatif dans sa vie quotidienne pour qu'elle souhaite s'échapper. Cela dit, il entendait souvent Letty se plaindre du peu de choses que les femmes pouvaient faire durant leur journée : les emplettes, l'équitation, les visites, cet ennuyeux tambour à broder... Miss Beaumont aussi trouvait peut-être tout cela assommant. Son estime pour cette beauté tranquille et intelligente s'accrut.

— Hmm... Oui. Je ressens la même chose.

Il ne mentait pas. Parfois, il aurait voulu se caser dans un mariage heureux, mais ses devoirs envers son titre et son domaine lui offraient rarement un moment de libre. Un de ses rares plaisirs était d'être membre d'un groupe clandestin destiné à l'élite appelé le Club des Comtes Libertins. Ailleurs, il faisait de son mieux pour bien se tenir.

— Ah !

Gillian s'immobilisa devant lui et avec un index ganté, elle retira un livre de l'étagère afin d'en examiner la page de garde.

— J'ai trouvé !

James lui ôta le livre des mains, ravi du petit hoquet qu'elle poussa quand elle essaya de le lui reprendre.

— Oh, s'il vous plaît, rendez-le-moi !

Elle se jeta sur lui et il s'écarta de sa portée d'un pas dansant. Quand elle baissa les bras, il sourit et parcourut les quelques premières pages.

— Oh, l'auteur ne perd pas de temps ! Écoutez un peu.

Il choisit un passage et, entamant sa lecture avec un baryton profond, fit semblant d'être le héros.

— « Prostrée sur le lit, lady Gloria écoutait la musique de la pluie sur les pignons tout en redoutant l'arrivée de son ravisseur, le comte de Blackacre. Quand l'homme l'avait embrassée dans le couloir une heure plus tôt, leur étreinte passionnée lui avait promis des choses ténébreuses et délicieuses, et elle avait été incapable de lui résister... »

La voix de James mourut, sa phrase s'achevant sur un murmure soyeux.

Miss Beaumont avait cessé d'essayer de récupérer le livre. Seuls quelques centimètres séparaient leurs corps et elle levait le visage vers lui. À cet instant, une décharge électrique le traversa et sembla projetée vers elle. Le visage de Gillian était d'un rose charmant et le choc lui avait fait entrouvrir les lèvres.

— Dois-je poursuivre ? demanda-t-il en se rapprochant.

Il était vraiment tenté de lui dérober un baiser, qu'importe le scandale.

CHAPITRE 3

Gillian ne respirait plus. Elle était mortifiée que James lise en public un passage torride du roman... mais elle ne voulait pas qu'il s'arrête. Sa réaction n'était pas due à l'histoire, mais à sa voix hypnotique. Son cœur battait la chamade et elle ne pouvait que contempler les lèvres de James, complètement fascinée. Alors, voilà ce que cela faisait de désirer un homme ? Car c'était bel et bien un désir... interdit.

— Dois-je poursuivre ? redemanda-t-il en se rapprochant.

Gillian parcourut la petite librairie du regard. En parlant, ils s'étaient égarés dans un coin sombre qui leur permettait de discuter sans qu'on les voie. Son cœur fit un autre soubresaut et elle s'humecta nerveusement les lèvres.

— Vous ne devriez pas faire cela, la mit-il gentiment en

garde en refermant le livre qu'il reposa sur le rebord de l'étagère près de sa hanche.

— Faire quoi ?

Elle essaya de reculer, mais ses fesses heurtèrent une étagère derrière elle.

— Vous lécher les lèvres. Cela me fait me demander quel goût vous avez, ce que cela ferait...

Il leva la main, lui prit la joue et caressa sa lèvre inférieure avec son pouce. Son contact la brûlait de la façon la plus délicieuse du monde.

— Me lécher les...

Elle comprit ses paroles et poussa un petit hoquet.

James ricana.

— J'essaye de me conduire comme un gentleman, mais vous me tentez !

Il lui fit lever le menton et baissa la tête jusqu'à ce que leurs têtes se retrouvent éloignées que de quelques centimètres.

— Si vous ne me demandez pas de m'écarter, je crois bien que je vais vous embrasser.

Sa voix était tendue, ses yeux bruns profonds et pleins de chaleur. S'y plonger donnait à Gillian le vertige et son corps était alangui comme si elle était restée étendue pendant des heures sur un lit d'herbe fraîche sous le soleil en plein été.

— Vous voulez m'embrasser ?

Cela sonna comme une interrogation, mais James ne parut pas la considérer de la sorte.

— Hmm, si vous insistez, murmura-t-il.

Un instant avant que leurs lèvres se rencontrent, elle ferma les yeux puis fondit contre lui quand elle sentit sa bouche sur la sienne. Il embrassait comme un ange, n'étant que feu et douceur, avec une trace de libertinage quand sa langue parcourut la jointure de ses lèvres. Elle eut un sursaut de surprise et ses lèvres s'écartèrent, permettant à James de glisser sa langue entre elles. Il ouvrit la bouche et elle gémit en ressentant l'impression délicieuse d'être impuissante dans le sillage de la passion torride qui la balayait. Elle sentit contre sa peau l'ombre des poils sur le menton de James. Quand il colla son visage contre son cou, les picotements furent délicieux.

C'était ainsi qu'une lady se perdait. C'était la gloire pour laquelle elles risquaient tant de choses ! Elle n'avait jamais compris le désir qu'avait sa maîtresse pour l'amour, le mariage et un homme... jusqu'alors.

James lui prit le visage entre les mains et lui caressa la joue avec le pouce tout en la contemplant avec émerveillement et fascination.

— Pourquoi suis-je incapable de vous résister, Miss Beaumont ?

— Je ne sais pas.

Elle cligna des paupières, éblouie par le fait que le

comte de Pembroke et elle étaient plaqués ensemble contre l'étagère.

— Avez-vous déjà fait une chose pareille ? demanda-t-il.

— Non, jamais. Je commençais à me demander si quelque chose clochait chez moi.

Elle rit à demi, mais c'était un son chevrotant. Elle n'aurait pas dû lui avouer cela... Une dame ne l'aurait pas fait.

Mais tu n'es pas une dame, lui rappela sévèrement sa voix intérieure. *Tu es une servante et il te croit aristocrate.*

— Vous n'avez pas embrassé beaucoup d'autres hommes ?

La question de James était pleine de curiosité et d'une note de jalousie.

— Non, cela dit, c'est la première fois que j'ai envie que quelqu'un m'embrasse, expliqua-t-elle dans un murmure scandalisé.

La simple courbe de ses lèvres lui donna envie de sourire aussi.

— C'est bien. Vous imaginez avec un autre homme risque de me rendre fou.

Elle plissa le front, inquiète.

— Êtes-vous du genre jaloux ?

James secoua la tête.

— Jamais, mais avec vous, je me sens différent.

Il avait l'air de ne plus savoir quoi dire et elle ne voulait pas parler non plus. Elle se mordilla la lèvre inférieure et le regarda entre ses cils. Elle ne pouvait pas se montrer aussi audacieuse qu'Audrey, mais elle espérait qu'il interprète ses actes comme une invitation.

Il le fit. Enroulant un bras autour de sa taille, il la ramena dans son étreinte. Elle plaça les paumes sur son gilet et enroula ses doigts autour de ses revers alors que leurs lèvres se rencontraient pour un autre baiser enflammé. Il rapprocha leurs lèvres et la sensation qu'il lui donnait – l'impression de se consumer entièrement – la fit gémir. Pas étonnant qu'Audrey pourchasse des rebelles en les priant de l'embrasser. Si c'était ce que cela faisait chaque fois, elle comprenait enfin.

— James ? James ? Où êtes-vous ?

La voix de Letty résonna à travers les étagères et il s'écarta rapidement de Gillian juste avant que sa sœur ne les découvre. Un trio de romans historiques à la main, elle les observait avec curiosité.

— Miss Beaumont a-t-elle trouvé son livre ?

— Hmm... Oui.

James brandit le livre et Gillian s'efforça de ne pas rire de la culpabilité écrite sur son visage. Letty était plus jeune que son frère et il était clair que James essayait de se tenir à carreau en sa présence, faisant son possible pour lui faire plaisir. Cette attitude était charmante. Cela rappelait à Gillian le frère aîné de sa maîtresse : Cédric, le vicomte Sheridan. Rebelle indécrottable, il se montrait pourtant incroyablement tendre avec ses sœurs.

— Parfait, dit Letty qui adressa un large sourire à Gillian. James, pourriez-vous m'acheter ceux-ci ?

Elle poussa la pile de livres contre sa poitrine. Il les serra maladroitement contre lui.

— J'ai envie de parler à Miss Beaumont.

Les yeux de James pétillèrent en les regardant.

— Je suppose que vous souhaitez vous entretenir de questions féminines ?

Il prit les livres de Letty et commença à se tourner, mais Gillian lui attrapa le bras.

— Attendez, vous avez le mien. Il faut que je paie aussi.

— Balivernes. Je vais vous l'acheter.

Il inséra fermement le livre entre ceux de Letty afin que Gillian ne puisse pas l'atteindre.

— Oh, je vous en prie, j'insiste.

Vaillamment, Gillian fit un autre effort pour l'atteindre, mais James claqua la langue et secoua la tête.

— Considérez ceci comme un cadeau de ma part pour vous remercier de ce changement inattendu et agréable dans ma journée. Si vous n'étiez pas allée chez la modiste, Letty aurait passé toute la journée à essayer des bonnets.

James leva les yeux au ciel et Letty fit semblant de faire la moue. Avant que Gillian puisse répliquer, James disparut avec les livres, la laissant seule avec sa sœur. Pendant l'heure qui venait de s'écouler, elle avait ignoré la réalité de son mensonge, mais à présent qu'elle avait quitté les bras de James, la réalité lui revint de plein fouet.

Ce n'est pas mon monde. Je ne devrais pas être ici, pas les laisser supposer que je suis l'une d'entre eux. Comment ne le voyaient-ils pas ? Sa coiffure était simple. Sa robe, quoique plus sophistiquée que celle d'une suivante typique, restait celle d'une domestique.

— Il a raison, vous savez. J'y aurais passé la journée. Je suis certaine qu'il aurait péri sur la méridienne de Madame Ella en m'attendant.

Gillian pouffa en songeant à James étendu sur une méridienne, le visage blême, un bras jeté sur les yeux d'un geste de désespoir alors que Letty laissait tomber d'autres bonnets sur ses genoux.

— Mon frère est un homme fantastique, vraiment merveilleux, dit Letty en regardant Gillian avec une acuité qui ne lui rappelait que trop sa maîtresse quand elle manigançait quelque chose.

— Euh... Oui, j'imagine, répondit-elle prudemment.

Letty observa les livres autour d'elle, un air pensif sur le visage.

— Il mérite une épouse correcte, vous savez. De nombreuses ladies ont jeté leur dévolu sur lui...

La voix de Letty mourut. Elle soupira et croisa le regard confus de Gillian.

— Aucune d'entre elles n'est intéressée par un mariage

d'amour. Je crois pourtant que c'est ce que mon frère mérite, n'est-ce pas ?

Il y avait dans le ton de Letty une mise en garde que Gillian comprenait. Si elle ne voulait pas aimer James, il faudrait qu'elle le laisse tranquille. C'était ce qu'elle comptait faire, bien entendu, car les comtes n'épousaient pas les domestiques.

— Je suis d'accord, dit-elle doucement. Je n'ai aucune vue sur lui. Je vous le jure, Miss Fordyce.

Letty sourit.

— Si vous pensiez entretenir des sentiments pour lui, ce serait acceptable.

Sa réponse surprit Gillian.

— Mais... commença-t-elle.

— Je ne veux pas d'une chasseuse de titres pour James. C'est l'amour ou rien. Après la mort de notre père, notre mère est devenue... distraite et souffrante. Alors, c'est à moi de le protéger, du moins en ce qui concerne les affaires de cœur.

— Une noble initiative, en convint Gillian.

Si elle avait eu une fratrie à protéger, elle aurait fait la même chose. Elle avait bien un demi-frère et une demi-sœur, mais... Ils ne savaient même pas qu'elle existait et elle ne pourrait jamais le leur dire. Après tout, elle était une bâtarde et une domestique.

Letty semblait prête à reprendre la parole, mais James revint avec une pile de livres entre les bras.

— Et si nous les confions au valet de pied ? Je ne veux pas porter des livres chez *Gunter's*. Un accident avec une glace fondue les rendrait poisseux.

— Bien vu, James.

Letty, James et Gillian quittèrent la boutique. Gillian n'arrivait toujours pas à croire qu'elle était ici dans les rues avec un comte et sa sœur, jouant le rôle d'une dame de qualité. Cette mascarade était pourtant allée trop loin et à présent, elle ne pouvait plus revenir en arrière.

Ils grimpèrent dans la calèche qui portait les armoiries des Pembroke et confièrent les livres au valet de pied qui les rangea dans un coffre en cuir. Quand ils arrivèrent chez *Gunter's*, James leur proposa de rester dans le véhicule. Il faisait beau, aussi Gillian et Letty s'accordèrent-elles pour dire qu'il serait bien plus agréable de manger leurs glaces dans la calèche au lieu de se rendre à l'intérieur, qui serait certainement bondé.

De jeunes hommes employés par *Gunter's* traversaient la rue pour se rendre vers les calèches et revenir, les mains chargées de glace. Letty fit signe à plusieurs autres dames assises dans une autre voiture et elle se tourna vers James et Gillian.

— Cela fait une éternité que je n'ai pas parlé à Miss Dawkins et Lady Fairchild. Cela vous dérange-t-il si je vais les voir ?

— Pas du tout, répondit James avant de couler un regard à Gillian qui hocha la tête en rougissant.

Il était parfaitement acceptable de visiter *Gunter's* sans chaperon. C'était un des rares endroits de Londres où une dame ne se perdrait pas de réputation simplement en demeurant seule avec un homme. Letty quitta la calèche en toute hâte pour aller rejoindre ses amies et Gillian se retrouva face à James. Son ventre palpitait de nervosité et elle résista à l'envie d'y placer une main.

— Craignez-vous de vous retrouver seule avec moi ? la taquina James. C'est un endroit sûr.

Gillian rougit.

—Je n'ai pas peur. C'est juste que je ne suis jamais allée à *Gunter's*...

En tant que dame, ajouta-t-elle en silence. Elle y avait suivi sa maîtresse à de nombreuses reprises, mais jamais pour savourer les glaces ou converser avec des gentlemen. D'ordinaire, elle restait aux aguets et ne parlait pas sauf si sa dame avait besoin d'elle.

— Vous n'êtes jamais venue chez *Gunter's* ? Où êtes-vous allée, Miss Beaumont ?

James se pencha légèrement en avant et posa les avant-bras sur ses genoux. Il la dévisagea avec curiosité.

— Où ai-je été ? répéta-t-elle, désarçonnée par sa question.

— Vous n'avez clairement pas visité Londres. Enfin, si vous n'êtes jamais venue chez *Gunter's*...

—Oh...

Elle se hâta d'inventer une histoire pour expliquer ses origines.

— Je réside à la campagne et je viens rarement à Londres.

Elle piocha dans ses souvenirs en vain, cherchant un vain quelque part où il ne s'était certainement jamais rendu.

— Je suis de Lothbrook.

C'était un petit village. Elle n'en avait entendu parler que récemment, lorsqu'Audrey s'était servi de l'influence octroyée par son identité secrète de Madame Société afin de caser une jeune femme de Lothbrook avec le libertin qui était tombé amoureux d'elle.

— Lothbrook, songea James d'un ton pensif. Où ai-je déjà entendu ce nom ?

— Oh...

Avant que Gillian ne s'enfonce davantage dans le pétrin, elle sursauta quand un employé de Gunter apparut tout à coup près de la calèche et leur tendit deux coupes qui contenaient de la glace.

— Je vous remercie.

James avait payé le jeune homme et quand Gillian avait tenté de protester, il avait claqué la langue et brandi un index dans sa direction.

— Miss Beaumont, pensez-vous vraiment qu'un gentleman digne de ce nom vous permettrait de payer vos propres glaces ?

La taquinerie qu'elle lisait dans ses yeux la fit rougir des pieds à la tête et elle se sentit assez audacieuse pour réagir en lui témoignant une petite contrariété.

— Après ce qui s'est passé à la librairie, soutenez-vous *être* un gentleman correct, Lord Pembroke ?

James enfonça sa cuillère dans sa glace et en prit une bouchée. Il s'humecta les lèvres et baissa les cils.

— J'avoue. Vous avez découvert ma faille. Je suis plus un rebelle qu'un gentleman et je n'ai pas l'intention de m'excuser pour ce baiser, pas alors que vous avez meilleur goût que cette glace.

Gillian en resta bouche bée. Ses paroles ouvertement sensuelles étaient trop pour elle.

— Je sais, je suis terriblement dévoyé.

Un sourire toucha ses lèvres et la douce intensité de ses mots fit fondre Gillian.

— Je ne vais pas dire le contraire.

Elle se voulait accusatrice, mais était trop essoufflée.

— Et cela vous plaît, ajouta-t-il rapidement.

— Oui, je... Attendez, non ! Certainement pas !

Elle laissa tomber sa cuillère dans le plat de glace et le fusilla du regard. Ce n'était pas correct. Quel diable ! Un rebelle, qui parlait de baisers et de leur goût délicieux avec une inconnue, une inconnue qui, à son insu, n'était pas digne de ses attentions. L'irritation étouffa le désespoir croissant que la situation lui provoquait.

— Veuillez finir votre glace avant qu'elle ne fonde et que mon geste de gentleman ne soit gâché !

Il désigna le plat de Gillian de la pointe de sa cuillère.

Celle-ci regarda sa glace qui fondait et avec un petit *hum*, elle la termina, ayant parfaitement conscience que James l'observait. Elle n'avait jamais été aussi frustrée par un homme de toute sa vie… mais elle ne s'était jamais trouvée dans une position aussi confortable non plus. Comment Audrey supportait-elle de se retrouver en compagnie de Jonathan quand elle ressentait de telles choses ? Gillian ressentit une appréciation soudaine pour la capacité qu'avait sa maîtresse à garder la tête froide en présence de l'homme qui l'attirait.

Une fois qu'elle eut fini, James demanda à un employé du magasin de venir chercher les coupes. Puis il jeta un regard à sa sœur qui était toujours en pleine conversation avec ses amies, à quelques calèches de là.

— Je ne crois pas que Letty revienne de sitôt.

James commença à se déplacer vers Gillian pour la rejoindre sur sa banquette, mais il se glaça en entendant quelqu'un l'appeler.

— Pembroke ? Quel hasard de vous croiser ici !

Une voix familière fit se tendre Gillian et elle regarda autour d'elle.

Un séduisant cavalier s'approchait de leur calèche. Le magnifique hongre regimba quand le gentleman tira légèrement sur les rênes. C'était Mr Ambrose Worthing, le libertin qu'Audrey et elle avaient aidé, quelques semaines auparavant, à Lothbrook. Elle appréciait Mr Worthing, mais il savait qu'elle n'était pas de noble extraction. Elle devait dire quelque chose pour l'empêcher d'exposer sa mascarade au grand jour.

— Mr Worthing ! C'est si bon de vous revoir, dit-elle en soutenant intensément son regard.

Les lèvres de Mr Worthing s'entrouvrirent et il ne mit qu'une seconde à comprendre sa mise en garde silencieuse.

— Miss Beaumont. Quel plaisir de vous revoir, répéta-t-il.

— Comment allez-vous, Worthing ? lui demanda Pembroke avec un large sourire. Êtes-vous bien installé avec votre épouse ?

— Oui, qui aurait cru que la vie conjugale me plairait autant ? ricana Mr Worthing. J'ai toujours pensé qu'on devrait me traîner jusqu'à l'autel en poussant des cris. Toutefois, dès que j'ai su qu'Alexandra était la seule femme que je serai capable d'aimer... le mariage est devenu une nécessité.

James éclata de rire.

— J'ai l'impression que toutes mes connaissances se ruent pour se passer la corde au cou.

— N'êtes-vous absolument pas tenté ? plaisanta Mr Worthing avec un regard appuyé en direction de Gillian.

Le cœur de cette dernière bondit jusque dans sa gorge et James poussa un éclat de rire tonitruant.

— Je suis peut-être légèrement tenté.

Il regarda Gillian dans les yeux et elle se trouva incapable de détourner le regard. Les profondeurs de ses yeux, comme du miel ensoleillé, l'attiraient implacablement, la prenaient au piège jusqu'à ce qu'elle oublie qui elle était et avec qui elle se trouvait. Gillian n'aurait jamais imaginé qu'une paire d'yeux bruns s'avère aussi dangereuse.

— Je vois que je vous dérange, les interrompit Mr Worthing avec une note d'hilarité dans la voix. Je suis content de vous avoir croisée, Miss Beaumont. J'ai une lettre pour vous.

Fourrant la main dans son gilet, Mr Worthing en retira un morceau de parchemin replié. Il le tendit à Gillian avec un regard sérieux. Elle s'en empara. Il n'y avait aucun nom à l'extérieur, simplement deux lettres : MS. Gillian comprit instantanément que c'était destiné à Madame Société.

— Merci, Mr Worthing.

Elle s'apprêtait à la fourrer dans son réticule quand Worthing reprit la parole.

— Je crains que ce soit urgent.

Encore une fois, son regard était sérieux.

— Oh !

Elle brisa le sceau à la hâte et sortit la lettre en jetant un autre regard à Worthing.

— Si besoin est, envoyez votre réponse à mon adresse de Londres, dit-il.

D'un geste du menton, il adressa ses adieux à Pembroke qui les observait avec curiosité.

— Je vous remercie.

Gillian regarda Mr Worthing enfoncer les talons dans les flancs de son hongre et partir au galop. Alors seulement déplia-t-elle le parchemin pour lire la lettre.

Ma chère MS,

Le bruit court que Gérald Langley cherche à vous attirer au Hellfire Club ce soir. Il croit qu'il va enfin tenir sa revanche. Je vous prie... Non, j'insiste pour que vous restiez chez vous ce soir. Vous avez fait suffisamment de mal à Langley. Vous n'avez pas besoin de courir un danger supplémentaire.

Bien à vous,

Worthing

GILLIAN RELIT CES MOTS, LE CŒUR BATTANT. ELLE savait que leur plan d'infiltrer le Hellfire Club ce soir-là était une très mauvaise idée ! Toutefois, elle n'aurait pas imaginé que cela s'avère être aussi dangereux. Elle devait prévenir sa maîtresse sans attendre.

— Tout va bien, Miss Beaumont ? Vous êtes devenue très pâle.

James vint s'asseoir à côté d'elle.

— Ou oui, balbutia-t-elle, décontenancée par sa proximité et le contenu de la lettre.

Elle sursauta quand il plaça une main gantée sur la sienne. Sa paume était chaude et des doigts puissants, mais tendres, se refermèrent autour des siens.

— Milord, vous ne devez pas. Les gens nous regardent.

Elle détourna les yeux, maudissant son absence de bonnet qui aurait dissimulé son visage aux regards scrutateurs.

— Qu'ils nous regardent ! Vous me plaisez, Miss Beaumont, et je ne vous connais que depuis quelques heures.

Gillian rit, mais elle sentit les larmes monter.

— Milord, vous ne me connaissez pas du tout.

Son cœur se serra.

— Je vous suis très reconnaissante de tout ce que vous avez fait aujourd'hui, mais je crains de devoir partir.

Elle libéra la main qu'il tenait toujours, détestant le regret que lui provoqua cette perte de contact. Elle n'aurait jamais cru tomber pour un homme et certainement pas quelqu'un comme le comte de Pembroke. Il était temps de partir, de mettre un terme à cette mascarade idiote avant d'avoir le cœur brisé pour de bon. Elle descendit de la calèche et chercha du regard son propre véhicule qu'elle repéra au bout de la rue.

— Miss Beaumont, je vous en prie, laissez-moi vous escorter.

James descendit et essaya de lui reprendre la main. Gillian cligna des paupières pour chasser les larmes qui lui brûlaient les yeux. *Qu'est-ce qui ne va pas chez moi ? Je n'ai jamais connu une telle souffrance.* Pourtant, devoir convaincre James de la laisser seule la faisait saigner à l'intérieur.

— Je vous en prie, Milord, vous devriez rester auprès de votre sœur.

Puis avant de lui donner l'occasion de la convaincre de rester, elle se précipita vers sa calèche qui l'attendait plus bas dans la rue.

Quand elle l'atteignit, un homme émergea de la ruelle entre deux boutiques et la saisit par le bras. Quelque chose de pointu s'enfonça dans ses côtes et elle ouvrit la bouche pour crier.

— Pas un mot, ma jolie. J'ai un couteau assez aiguisé pour traverser ton corset et y faire un joli trou. Ce n'est pas ce que tu veux, n'est-ce pas ?

L'individu était habillé comme un gentleman, mais la barbe qui lui mangeait les joues et son accent cockney assuraient à Gillian qu'il n'en était pas un.

— Tu vas bien te tenir, n'est-ce pas ? souffla doucement l'homme à son oreille. Hoche la tête si tu es d'accord.

Gillian hocha la tête avec hésitation.

— On va faire un petit tour par ici.

Il l'attira dans la ruelle qu'il venait de quitter. Sur leur gauche, une porte ouverte menait à des chambres qui surmontaient une boutique. Quand ils atteignirent la porte, Gillian essaya d'enfoncer légèrement les talons dans le sol alors que sa bouche se remplissait d'un étrange goût amer. La pointe du couteau la piquait et elle ne put retenir le gémissement qui lui échappa. Ses instincts prirent le dessus et elle se débattit, tentant de fuir l'homme et son couteau.

— Cesse de me résister ! gronda l'homme en enfonçant une main dans ses cheveux.

Il lui tira la tête en arrière pour l'entraîner à l'intérieur du vestibule plongé dans la pénombre. Elle fut plaquée violemment contre le mur et sa tête vint heurter le bois. La lettre tomba de son réticule. Elle essaya de se toucher la tête.

— Ah... Nous y voilà.

L'homme se pencha et s'empara de la lettre. Temporairement distrait, il baissa le couteau qui se retrouva proche du sol quand il récupéra la lettre destinée à la maîtresse de Gillian. Celle-ci n'en avait pas besoin, ce qui lui permit de saisir l'occasion de faire jouer sa distraction à son avantage. Elle tenta de regagner la porte, mais poussa un cri quand l'homme l'attrapa par les jupes et tira fort.

Elle tomba à genoux et quelque chose la frappa à la tempe. En un instant, tout devint noir.

CHAPITRE 4

Debout près de sa calèche, James regarda Miss Beaumont s'éloigner. Plus la distance entre eux s'accroissait, plus son cœur s'alourdissait. Il se rendit compte qu'on venait de lui retirer quelque chose.

Elle avait semblé si perdue quand elle s'était écartée de lui ! Il n'avait pas compris pourquoi des larmes brillaient dans ses yeux. Il voulait la suivre. Quelque chose n'allait pas. Il le sentait. Il l'escorterait jusqu'à chez elle, même si elle protestait. Le contenu de cette lettre l'avait perturbée et il n'était pas bon qu'elle retourne seule chez elle. James dit à son cocher d'attendre Letty et de la ramener. Il louerait un fiacre une fois qu'il aurait raccompagné Miss Beaumont, saine et sauve, chez elle.

Quand il se retourna, il aperçut la silhouette distante de Gillian qui atteignit le bout de la rue. Soudain, un homme vint vers elle et lui saisit le bras. Il ressentit une vague de panique. Aucun gentleman ne se saisirait ainsi du bras d'une dame... qui plus est après avoir déboulé de nulle part. James fronça les sourcils. Connaissait-elle cet individu ? Leur position intime indiquait que oui, mais il était bien trop loin pour distinguer clairement ce qui se passait entre eux. L'homme et elle se détournèrent de la calèche et pénétrèrent dans la ruelle, disparaissant à sa vue.

Dans son ventre, la boule de nervosité s'accrut. Que faisait-elle ? Sans qu'il sache pourquoi, cet homme envoyait à James de mauvaises ondes. Une menace pesait dans la façon dont il se déplaçait vers Gillian et James rechignait à la laisser seule malgré ses protestations. Il accéléra le pas, mais au bout de quelques secondes, il se mit à courir. En atteignant la ruelle, il faillit entrer en collision avec cet homme qui l'injuria et tituba en arrière avant de se précipiter hors de l'allée.

Quoi ?

Il n'y avait aucun signe de Gillian. Il parcourut la ruelle du regard, scrutant les ombres jetées par les bâtiments de chaque côté. En plissant les paupières, il vit une porte ouverte un peu plus loin dans la ruelle étroite. Sur le sol, une main pâle s'étirait en travers du seuil.

— Gillian !

Étranglé par la peur, il se précipita vers la porte. Partant en glissade, il s'immobilisa près de l'endroit où elle était étendue à terre.

— Oh, Seigneur ! hoqueta-t-il en s'agenouillant pour la retourner.

Il plaça deux doigts contre sa gorge et sentit une pulsation régulière. Elle était vivante. Son examen lui révéla une marque rouge sur une de ses tempes. Cet homme l'avait frappée !

James s'agenouilla et la souleva dans ses bras, la calant contre sa poitrine. Elle avait besoin d'être examinée par un médecin dans les plus brefs délais. Il se précipita vers la calèche de la jeune femme.

— Excusez-moi ! cria-t-il au cocher. Êtes-vous le cocher de Miss Beaumont ?

Celui-ci baissa les yeux et poussa un cri de surprise devant ce spectacle. Il bondit de son siège pour aider James à placer Gillian à l'intérieur.

— Que s'est-il passé ? demanda le cocher qui parcourait du regard le corps inanimé de Gillian.

— Un malotru l'a frappée. Il faut qu'on l'examine immédiatement.

— Je vous remercie, Milord.

Le cocher l'aida à installer Gillian sur la banquette.

— Je vous accompagne, dit James. Je ne veux pas laisser cette dame seule avant d'être certain qu'elle va bien.

Le cocher hésita, mais James croisa les bras et lui adressa un regard noir.

— Très bien, Milord. Grimpez.

James s'installa sur la banquette et se pencha pour

prendre Gillian sur ses genoux. La pensée de ne pas pouvoir la tenir le rendait agité et anxieux. Il écarta une mèche de cheveux de ses yeux et fit courir son pouce sur ses lèvres. Il ne voulait pas penser que la seule raison pour laquelle elle se trouvait dans ses bras était parce qu'elle était blessée.

— Je suis vraiment désolé, lui murmura-t-il.

Soudain, Gillian remua. Sa tête tangua légèrement alors qu'elle reprenait connaissance. Pendant un long moment, il retint son souffle en la regardant battre des cils. Enfin, elle leva les yeux vers lui.

— Que... Que s'est-il passé ?

Elle s'humecta les lèvres et porta une main vers sa tête.

— Ne...

Il essaya de l'arrêter, mais elle grimaça quand sa main toucha la partie sensible de sa tempe.

— Comment...

Gillian poussa un petit cri de douleur qui déchira le cœur de James. La voir souffrir ainsi le détruisait.

— Rassurez-vous, Miss Beaumont. Je vous ai vue vous diriger vers cette calèche quand cet homme vous a entraînée dans la ruelle. Je n'ai pas été capable de l'arrêter, mais je vous ai trouvée. Voulez-vous vous asseoir ? demanda-t-il doucement.

Il ne souhaitait pas qu'elle quitte ses bras, mais elle hocha la tête.

— Je le devrais. Ce n'est pas correct.

Il poussa un ricanement ironique.

— C'est une voiture fermée. Personne ne nous verra. Qui plus est, vous êtes en détresse et j'ai l'intention de vous offrir toute l'aide possible.

— En détresse ?

Elle renifla d'un air moqueur.

— Je ne suis pas une demoiselle en détresse, Lord Pembroke.

— Non, bien sûr que non.

Il savait qu'il devait avoir chamboulé l'idée qu'elle se faisait de sa propre force en sous-entendant qu'elle était une sorte de demoiselle en détresse. Elle avait beau aimer lire des romans gothiques, elle n'avait clairement aucun désir d'en faire une réalité. Il le comprenait. Letty l'aurait frappé avec un de ses gants fauves délicats s'il avait osé suggérer qu'elle avait besoin d'être secourue.

Gillian glissa de ses genoux et s'assit à côté de lui. Du bout des doigts, elle explora à nouveau la zone qui entourait sa tempe rougie.

— Que voulait cet homme ? Il vous a frappé, mais il a laissé votre réticule et ne paraissez pas vouloir vous...

Il ravala le mot *forcer*. C'était un sujet effrayant pour les dames et il ne voulait pas l'effrayer.

— C'était la lettre qu'il voulait. Elle était importante.

Le regard grave, Gillian soupira.

— La lettre ? Elle est en sa possession ?

— Oui, malheureusement, confirma-t-elle. Il me l'a

prise. Cela dit, il n'apprendra pas grand-chose. Je l'ai lue et c'est tout ce qui compte.

Elle passa les doigts le long de ses jupes déchirées par où l'homme avait dû l'attraper.

— Que contenait cette lettre, Miss Beaumont ?

— J'aimerais pouvoir vous le dire, mais ce n'est pas à moi de vous en révéler le secret.

James en resta bouche bée.

— Le contenu de cette lettre a failli vous coûter la vie et vous refusez tout de même de m'en parler ?

Gillian tendit le bras pour poser la main sur le genou de James. Elle l'implora du regard.

— J'aimerais bien, mais je ne peux pas. Je suis vraiment désolée.

C'était de la folie. Quel secret était si dangereux qu'une femme bien née n'était pas capable de le lui dire ?

— Pourriez-vous m'amener à l'hôtel particulier des Sheridan ? Je dois parler à une amie qui y vit.

— L'hôtel particulier des Sheridan ? Très bien.

James soupira, ouvrit la vitre de la calèche et donna l'adresse au cocher.

Une fois calé contre la banquette, il l'observa, ne manquant pas son agitation constante alors que des éclairs de douleur zébraient ses prunelles quand elle bougeait la tête d'une certaine façon.

— Arrêter de vous agiter, Miss Beaumont. Vous vous êtes certainement tordu le cou en tombant.

— Tordu le cou ?

Elle se massa la nuque sans parvenir à atteindre l'endroit qui lui causait de la gêne.

— Me permettez-vous de vous aider ? demanda-t-il doucement.

Malgré son libertinage quotidien, il n'avait aucun désir de tirer profit d'elle. Il ne tolérait pas de voir cette créature captivante souffrir.

— M'aider comment ?

La voix de Gillian était douce et légèrement essoufflée.

— Me permettez-vous de vous toucher ?

Il leva la main jusqu'à sa joue, mais ne la toucha pas avant qu'elle n'acquiesce. C'était différent de ce baiser volé dans la librairie. Elle était blessée et se trouvait seule avec lui. Elle avait besoin de savoir qu'il ne lui ferait jamais de mal.

Il leva les mains et plaça les doigts sur ses épaules, les faisant descendre vers son cou, massant doucement les petits nœuds tendus qu'il y trouva. Autrefois, il avait eu une maîtresse très douée pour le massage qui lui avait enseigné où appuyer exactement.

— C'est très agréable. Comment avez-vous su que cela apaiserait ma douleur ?

— Masser doucement les muscles à l'endroit où ils ont été tendus permet de les détendre.

Il fit courir son doigt le long d'un tendon contracté dans son cou, lui indiquant où il continuerait à la toucher.

— Détendez-vous. Tournez-moi le dos. Je veux que vous preniez une grande inspiration et que vous expiriez lentement.

Gillian hésita pendant un moment avant de caler ses jambes sur la banquette et de lui offrir son dos. Minutieusement, il massa son cou et ses épaules, allant même jusqu'à frotter les doigts dans ses cheveux à la base de son cou. Son petit gémissement de plaisir fit se resserrer son corps d'excitation et de honte. Il se promit de rester gentleman pour quelques minutes de plus, s'il le pouvait.

Comment faisait cette femme pour le tenter autant ? Il aurait pu posséder pratiquement toutes les femmes de Londres, mais cette beauté tranquille, intense et mystérieuse le ravissait. Ce devait être l'aura de danger qui entourait la jeune femme. Voilà ce qui l'attirait. Il aimait les aventures. La calèche s'immobilisa et le cocher leur cria qu'ils étaient parvenus chez les Sheridan.

— Merci, Milord. Je me sens beaucoup mieux.

Gillian se tourna vers lui et il la laissa partir à contrecœur.

— Miss Beaumont, je devrais vraiment m'assurer que vous voyez un médecin.

Elle secoua la tête.

— Mon amie pourra en faire chercher un si je me sens toujours mal.

Gillian récupéra son réticule et tendit la main vers la portière. Il fut plus rapide qu'elle et la lui ouvrit. Elle cligna des paupières comme si elle était surprise qu'il lui fasse cette politesse. N'existait-il donc aucun gentleman à Lothbrook ? Il l'aida à descendre, savourant cette dernière occasion de lui tenir la taille et de sentir les mains de Gillian sur ses épaules avant de devoir la reposer à terre.

— Vous êtes certaine de ne pas vouloir que je vous accompagne à l'intérieur ? demanda-t-il en espérant qu'elle change d'avis.

— Non, je vous en prie. Je dois rendre visite à mon amie en privé. Le cocher vous raccompagnera chez vous.

Elle commença à faire un geste à ce dernier et tira quelques pièces supplémentaires de son réticule, mais James lui attrapa la main, l'attirant doucement vers ses lèvres pour l'embrasser.

— Pas besoin. Je crois que j'ai envie de marcher.

Il avait vraiment besoin de s'éclaircir les idées.

— Merci, Lord Pembroke. Sincèrement. Je ne sais pas ce qui se serait passé si vous ne m'aviez pas suivie.

Ses lèvres tremblaient, mais elle ne lui évoquait pas une créature faible et délicate. Elle était courageuse et il s'étonnait de la voir surmonter cette épreuve avec autant de grâce.

— Puis-je venir vous rendre visite ? s'enquit-il.

L'idée que cette femme mystérieuse retourne à Lothbrook et qu'il ne la revoie plus jamais lui causait un vide dans la poitrine.

— Je... commença-t-elle en se mordant la lèvre inférieure. Je ne pense pas que ce soit avisé.

Elle eut l'air de vouloir ajouter quelque chose, mais elle se ravisa et gravit les escaliers à la hâte. Sans prendre la peine de frapper à la porte, elle se précipita à l'intérieur et disparut à sa vue.

James resta au pied du perron, le regard braqué sur le heurtoir en forme de tête de lion. Il essayait d'ignorer la douleur étrange sous ses côtes. Quelques minutes s'étaient écoulées quand il reprit la route de son domicile et se rendit compte que le livre qu'il lui avait acheté était toujours dans sa calèche avec Letty.

— Est-il parti ? demanda Gillian à Sean qui observait discrètement par la fenêtre le trottoir où elle avait abandonné James.

— Oui. Il commence à descendre la rue. Que s'est-il passé ?

Le jeune Irlandais avait l'air inquiet.

— C'est une longue histoire et j'ai vraiment besoin de me reposer un moment. Miss Sheridan est-elle rentrée ?

— Pas encore. La Ligue prend le thé dans le parloir. Notre maîtresse a jeté un seul regard à Mr Saint-Laurent quand il est arrivé et elle s'est enfuie. Elle n'a même pas pris de bonnet, expliqua Sean en ricanant.

— Quoi ?

Cela ne ressemblait pas à Audrey. Elle ne quittait jamais la maison sans un bonnet digne de ce nom. Elle les aimait trop pour être vue sans.

— Je ne vous cache pas que cela a causé un certain scandale au sein du personnel.

— Quoi ? Pourquoi ?

Gillian suivit Sean au bas de l'escalier qui menait aux cuisines des domestiques. Là, elle s'installa sur une chaise près du feu et profita du fait que la cuisinière leur tourne le dos pour dérober un biscuit sur un plateau.

— Eh bien, Mr Saint-Laurent la voit partir et me demande où elle s'est enfuie. J'ai essayé de lui dire que je n'en savais rien, puis il s'est précipité à sa suite. Personne ne les a vus depuis.

— Oh, non... fit Gillian en se frottant les yeux.

Audrey s'était enfuie et Saint-Laurent l'avait pourchassée ? Cela ne pourrait qu'engendrer des problèmes.

— Lord Sheridan s'est-il beaucoup inquiété ?

Le valet de pied rougit.

— Il n'en sait rien. Il a été occupé, voyez-vous.

— Occupé ? répéta Gillian.

— Oui. Apparemment, la duchesse d'Essex et la marquise de Rochester ne sont pas les seules à attendre un enfant.

— Quoi ?

Gillian se rassit. Le sourire satisfait de son ami lui fit momentanément oublier son mal de tête.

— Dites-moi, Sean. De quoi parlez-vous ?

— Eh bien, il semblerait que...

L'Irlandais fit durer le suspense jusqu'à ce qu'elle ne soit plus en mesure de le supporter.

—... la résidence Sheridan va entendre les cris d'un bébé dans six ou sept mois. La Ligue prend la conception des enfants aussi sérieusement que les mariages.

Envahie par une joie à l'état pur, Gillian pouffa. Lady Sheridan et son époux attendaient un enfant. Quelle nouvelle fantastique !

— Alors vous vous imaginez bien que pour le moment, aucun des membres de la Ligue ne se concentre sur Miss Audrey ou Mr Saint-Laurent. D'ailleurs, Essex et Rochester ont émis des paris sur l'enfant qui deviendrait le plus fort une fois que les petits auront grandi. Apparemment, aucun des lords n'envisage que leur premier né puisse être une fille.

Sean plaça une bouilloire d'eau sur le poêle, ignorant le grognement de remontrance de la cuisinière qui n'aimait pas avoir un valet de pied dans les pattes quand elle s'affairait à préparer le dîner. Gillian eut un petit sourire en s'imaginant ces lords puissants qui discutaient tous d'enfants. Elle avait vu ces hommes en compagnie de leurs épouses et, à en juger par leur comportement envers les femmes qu'ils aimaient, ces lords seraient entièrement dévoués à leurs enfants à naître. C'était merveilleux, tout simplement merveilleux de songer à des enfants qui grandiraient dans des foyers emplis d'amour et de rire... pas comme sa propre maison, qui avait été silencieuse et vide, hormis sa mère et une poignée de serviteurs. Ses pensées revinrent à James et à ce que Letty avait dit à propos de la mort de leur père et de la maladie de leur mère. Lui aussi avait eu une vie difficile, tout titré et riche soit-il. C'était une chose de plus qu'ils avaient en commun, quoiqu'elle ne le reverrait plus jamais, malgré son désir de le faire.

— Maintenant, allez-vous me raconter ce qui vous est arrivé aujourd'hui ?

Sean se pencha et lui prit doucement la joue pour lui tourner le visage et mieux la regarder.

— Qu'est-il arrivé à votre visage ? Lord Pembroke a-t-il... ?

— Non.

Elle l'interrompit avant qu'il ne présume le pire sur celui qui avait été son champion.

— J'ai été frappée par un homme dans une ruelle. Lord Pembroke est venu à ma rescousse. J'ai bien peur que ma tête me fasse terriblement mal.

Sean affichait toujours un air revêche.

— Dites-moi tout ce qui s'est passé.

Il chipa quelques biscuits, servit une tasse de thé à Gillian et s'assit à côté d'elle pour l'écouter raconter l'histoire de la lettre. Il était le seul à qui les deux femmes avaient pu confier le secret de la double vie d'Audrey. Gillian omit de parler des baisers extraordinaires du comte et de son propre après-midi dans la peau d'une lady. Sean n'aurait pas cautionné son mensonge. Une fois son récit terminé, le valet se redressa et arpenta la pièce à la grande consternation de la cuisinière qui était contrainte de l'esquiver tout en préparant le dîner.

— Il faut qu'on retrouve Miss Sheridan immédiatement.

Gillian acquiesça. Audrey était peut-être en danger. Celui qui l'avait attaquée dans la ruelle voulait la lettre, certainement parce qu'il était impliqué dans le dessein de traquer Madame Société pour lui faire du mal. Heureusement, Gillian l'avait lue et connaissait la menace. Tant qu'elle réussissait à trouver Audrey pour la prévenir à temps, ils pourraient encore la sauver.

Elle remontait derrière Sean les marches qui menaient au vestibule quand la porte d'entrée s'ouvrit à la volée. Audrey entra d'un pas vif, les cheveux lâchés et sauvagement ébouriffés, les joues rouges et les jupes froissées.

— Madame !

Gillian en resta bouche bée. Lui était-il arrivé quelque chose ? Elle n'avait jamais vu sa maîtresse aussi décoiffée depuis... la soirée durant laquelle Charles et elle avaient simulé une audacieuse séduction pour faire pression sur Cédric afin qu'il laisse Audrey se marier sans attendre.

Audrey avait-elle embrassé quelqu'un pour avoir l'air aussi... dépenaillée ?

— Gillian ?

Audrey semblait distraite et quelque peu surprise de la voir.

— Oui, Madame.

Gillian et Sean inclinèrent tous les deux la tête, mais le valet prit la parole.

— Madame, nous devons vous parler. C'est urgent, je le crains.

— Ah oui ?

Audrey attendit qu'ils les suivent à l'étage, dans son étude privée.

Une fois qu'ils furent à l'intérieur, la porte fermée, Audrey s'assit et les regarda, dans l'attente.

— Madame, vous avez reçu une mise en garde de Mr Worthing. Vous devez abandonner votre projet de ce soir.

Audrey plissa le front.

— Mais pourquoi ? Vous savez que ces hommes sont des monstres. Je ne peux pas les laisser continuer leurs affreuses réunions.

Gillian avait mal à la tête et elle échangea un regard avec Sean.

— Madame, un homme m'a attaquée afin de récupérer la lettre que m'a transmise Mr Worthing.

— Attaquée ! Seigneur, Gillian. Allez-vous bien ?

Audrey se redressa en un instant et se précipita aux côtés de Gillian pour l'entraîner vers une chaise.

— Je vous en prie, asseyez-vous. Je n'en avais aucune idée.

Pour la première fois, Gillian décela une inquiétude sincère dans le regard de sa maîtresse.

— Je vais bien. Lord Pembroke m'est venu en aide et m'a escortée jusqu'ici.

— Vraiment ? James est vraiment un amour, murmura Audrey.

Un accès soudain de jalousie parcourut Gillian en entendant Audrey prononcer le nom de James avec une familiarité ouverte et facile. Cela ne fit que lui rappeler le gouffre qui les séparait.

— Je devrais le remercier.

— Non ! hoqueta Gillian.

Sean et Audrey la scrutèrent et elle sut qu'elle allait devoir expliciter, du moins en partie, le reste de sa journée.

— Je... C'est-à-dire... Le comte de Pembroke m'a prise pour une dame et je... je ne l'ai pas corrigé.

Après sa confession, Audrey resta silencieuse. Sean la regardait d'un air désapprobateur.

— Vais-je être renvoyée ? demanda Gillian.

Cela ne serait pas excessif, compte tenu de son comportement éhonté et de son mensonge.

— Renvoyée ? répéta Audrey, déconcertée, en inclinant la tête. Pourquoi vous renverrais-je ?

— Parce que j'ai menti à Lord Pembroke et que je me suis donné des airs.

Une fois encore, sa maîtresse la regarda, la tête toujours légèrement inclinée, une lueur dans ses yeux bruns.

— Quelqu'un d'autre vous aurait peut-être renvoyée, mais nous ne sommes pas simplement maîtresse et suivante, Gillian. Nous sommes *amies*. Je vous connais presque comme si je vous avais faite. Je ne trouve pas votre comportement envers Pembroke si terrible. Il a fait une supposition et vous ne l'avez pas corrigé. On s'en inquiétera plus tard. Ce qui compte est que vous soyez saine et sauve. Ce soir, je veux que vous vous reposiez. Sean veillera sur vous.

— Et vous allez rester ici, Madame ? En sécurité ? insista Gillian.

— Je vais rester en sécurité, lui assura Audrey. À présent, allez-vous coucher et reposez-vous.

Gillian quitta l'étude d'Audrey et gravit les marches qui menaient à sa chambre. Sean lui apporta une autre tasse de thé et un bol de soupe au fumet divin. Une fois qu'elle eut mangé, elle s'allongea sur son lit étroit, s'enroula dans sa courtepointe et ferma les yeux. Il s'était passé tant de choses ce jour-là, des choses effrayantes et d'autres merveilleuses !

Elle savait que son comportement envers James avait été déplacé. Elle n'était pas une dame comme Audrey.

Toutefois, pendant quelques heures, elle avait oublié sa fatigue et sa nervosité, ainsi que sa vie étouffante de domestique. Elle avait été elle-même, Gillian, et elle avait embrassé un aristocrate fantastique et attirant.

Elle se repassa leur moment torride dans la librairie, le gravant dans ses souvenirs. Il lui tiendrait chaud durant les longues nuits solitaires à venir. Gillian ne serait jamais une dame comme sa maîtresse, mais elle pouvait quand même se permettre de s'imaginer ce que cela ferait d'être l'épouse de lord Pembroke. Une larme roula de ses paupières fermées et mouilla son coussin.

Entretenir ces pensées fait de moi une mauvaise domestique, mais j'aimerais être sa mauvaise domestique.

PARTIE II

CHAPITRE 5

Les yeux braqués sur son reflet dans le miroir de sa coiffeuse, Audrey Sheridan n'en était pas moins perdue dans ses pensées. Ce soir-là, elle devait s'engager dans une mission dangereuse : infiltrer un Hellfire Club dans le but d'en exposer les membres et leurs actes sordides à la société londonienne.

Sous le nom de Madame Société, la chroniqueuse secrète, elle était fière des rubriques qu'elle rédigeait pour la *Gazette de la Lorgnette*. Elle n'écrivait pas de petits articles écervelés sur qui épousait qui, ou qui avait porté avec succès les dernières modes de Paris... même si elle aimait parler de mode. Ses propos étaient conçus pour fracasser les limites de la société.

Après tout, la haute société, laissée à elle-même, serait

restée complaisante et indifférente : un terrain stagnant dépourvu de nouvelles idées et qui consacrait les anciennes. Un endroit où le progrès ne serait pas toléré et encore moins adopté.

Un sourire joua sur ses lèvres quand elle se délecta de songer au choc généralisé que provoquerait son incursion de ce soir dans un club dangereux. Elle s'y rendrait incognito, bien entendu. Cependant, une fois qu'elle écrirait l'article exposant les gentlemen qui appartenaient au Hellfire Club, tout Londres serait scandalisé d'apprendre que l'énigmatique Madame Société s'était placée dans un tel danger et avait survécu sans perdre le mystère de son identité.

Le problème était d'empêcher Cédric, son frère aîné, et ses amis – la Ligue des Rebelles – de découvrir ses plans. Ils étaient tous adorables, mais ils se montraient particulièrement surprotecteurs envers elle ! Elle avait l'impression d'avoir cinq frères aînés au lieu d'un seul. Depuis la mort de ses parents durant son enfance, Cédric était devenu plus qu'un frère : il s'était transformé en un gardien féroce. S'il l'avait pu, il l'aurait enveloppée dans un immense cocon de mousseline.

— Voilà, Milady.

Gillian Beaumont, sa suivante, cala une dernière mèche délicate dans la coiffure d'Audrey.

Audrey la regarda dans le miroir, attendant de voir si la jeune femme allait lui rendre son sourire. Gillian était toujours si sérieuse ! Audrey et elle avaient dix-neuf ans toutes les deux, mais la domestique semblait parfois si triste, comme si elle avait vécu avant celle-ci de nombreuses existences qui s'étaient toutes mal terminées. C'était Audrey qui avait insisté pour inclure sa suivante dans ses aventures rocambolesques. Elle voulait que son amie vive un peu.

— Parfait. Je dois être au summum de ma beauté aujourd'hui. La Ligue passe prendre le thé dans une heure et...

Les joues d'Audrey s'embrasèrent quand elle se trouva incapable de repousser la pensée de celui qui se trouverait bientôt sous son toit. Elle savait que Gillian supposait qu'elle resterait pour prendre le thé, mais elle n'en avait absolument pas l'intention. Il était devenu douloureusement évident que Jonathan Saint-Laurent ne voulait rien à voir à faire avec elle. Il avait rendu ses intentions parfaitement claires à Noël dernier, quand il s'était pratiquement enfui hors de la pièce lorsqu'elle avait tenté de le séduire.

Il ne veut rien avoir à faire avec moi, alors je ne vais pas rester ici à faire des politesses.

Ses sentiments étaient meurtris. Plus que meurtris. Elle était tombée amoureuse de Jonathan dès qu'elle l'avait rencontré et depuis, elle n'avait rêvé à aucun autre homme. Même si ses sentiments pour lui n'avaient pas changé, elle avait sa fierté et était lasse d'essayer de le séduire.

— Mr Saint-Laurent sera-t-il là ? demanda sa suivante.

— Euh... Je suppose, se déroba-t-elle.

Elle ne voulait vraiment plus parler de Jonathan.

— Gillian, pourriez-vous aller me faire quelques courses aujourd'hui ? Je crois que nous avons des articles à poster dans la *Gazette de la Lorgnette* qui devront être publiés dans les semaines qui viennent. Voudriez-vous bien vous en occuper ?

Elle remonta légèrement le corsage de sa robe. La batiste bleue était un choix raisonnable, mais l'évasement de la gaze lavande de l'ourlet lui donnait l'impression d'être la reine des fées. Tout le monde se gaussait de son amour pour la mode, sans comprendre que cela faisait partie de son pouvoir, dont la gamme était plus vaste qu'on aurait pu le soupçonner. Avec la même efficacité, elle se déguisait en garçon ou endossait le rôle d'une reine. Elle inclina la tête en se rendant compte que Gillian ne lui avait pas répondu. Sa domestique gardait le regard dans le vide et ses mains jouant machinalement avec le tissu de sa propre robe.

— Alors ? Cela ne vous fait rien ?

Gillian écarquilla les yeux et elle se concentra sur Audrey.

— Bien entendu. Je suis désolée, Milady. J'étais perdue dans mes pensées. Oui, laissez-moi les articles et je m'assurerai de les remettre à qui de droit.

— Parfait.

Audrey se rendit alors vers son écritoire, en retira les trois articles qu'elle avait soigneusement emballés puis les tendit à Gillian.

— Avez-vous besoin d'autre chose, Milady ? demanda Gillian.

— Non, pas pour le moment. Oh, souvenez-vous : ce soir, nous nous rendons au Hellfire Club.

Sa bonne se raidit et le papier qu'elle tenait se froissa.

— Madame, je ne pense vraiment pas que nous devrions...

Audrey tapa du pied et croisa les bras.

— Gillian, vous savez que cet horrible Gérald Langley appartient à ce club.

Comment s'appelait-il déjà... ? Elle piocha dans ses souvenirs.

— Les Pécheurs et les Sadistes ? Non... Attendez !

Elle brandit un index.

— Les Pécheurs Impies de l'Enfer.

Gillian eut un mouvement de recul.

— Devons-nous vraiment nous y rendre ce soir ? Ces hommes sont peut-être dangereux.

Dangereux ? Elle l'espérait sincèrement. La vie était parfois si ennuyeuse pour une dame bien née. Elle aspirait à la même liberté que les hommes, qui pouvaient agir à leur guise.

— Balivernes. Nous n'aurons pas le moindre problème.

Ils permettent aux femmes d'assister à leurs festivités impies, et si nous prenons Charles et son valet en tant qu'escortes, nous serons en sécurité.

Gillian la regarda fixement.

— Lord Lonsdale ? Ce n'est pas exactement un homme à la réputation reluisante. Souvenez-vous des cygnes. Tout le monde était vraiment scandalisé.

Audrey ne put s'empêcher de pouffer. Les cygnes ! Tout le monde aimait cette histoire de cygnes.

— Bien sûr que je m'en souviens. J'étais présente. Charles n'est pas si terrible. J'ai eu toutes les peines du monde à essayer de l'embrasser, si vous vous en souvenez bien. Il est plus gentleman qu'il veut bien le laisser croire.

Sa suivante souffla légèrement et se dirigea vers la porte, mais Audrey se remémora soudain une chose qu'elle avait besoin que Gillian fasse et qui la tiendrait occupée pendant qu'elle-même s'éclipserait durant l'après-midi afin d'aller poursuivre son entraînement d'espionne. Elle savait que Gillian n'approuverait pas, mais Audrey devait faire quelque chose, connaître quelques aventures.

— Les robes ! J'avais complètement oublié. Vous devez passer chez Madame Ella pour récupérer les robes. Essayez-les pour vous assurer qu'elles vont bien, dit Audrey.

Elle avait toute confiance dans les capacités de la couturière, mais parfois, elle voulait donner à Gillian le goût de la vie que cette dernière n'aurait jamais l'occasion de connaître. Fille d'un comte, elle aurait été dans d'autres circonstances la supérieure d'Audrey. La jeune fille avait pourtant été contrainte de devenir domestique pour offrir à sa mère des conditions de vie décente. Cependant, Gillian n'avait personne hormis Audrey, qui refusait de laisser son amie se fondre dans le décor. Les femmes devaient s'entraider.

Gillian soupira et ses épaules s'affaissèrent alors qu'elle hochait la tête.

— Je vous remercie.

Audrey escorta sa bonne jusqu'à la porte et la poussa légèrement d'un geste encourageant. Elle demeura en haut des marches pour la regarder partir.

— Amusez-vous bien aujourd'hui. Vous le méritez, murmura-t-elle, espérant que Gillian profite de cette journée pour se libérer de son rôle de servante.

Audrey aussi serait libre, le temps d'un après-midi, de ses propres entraves de dame de haute naissance.

Quand elle fut certaine que sa servante attentive fut partie, elle retourna dans sa chambre afin de jeter un dernier coup d'œil à son apparence. Enfin, elle sortit la lettre cachée dans la poche de sa robe et la relut.

MISS SHERIDAN,

Je serais ravie de vous enseigner les arts dont nous avons discuté, mais vous devez vous assurer de venir seule au Jardin de Minuit. Je ne peux pas vous retrouver à ma résidence. Assurez-vous d'arriver à treize heures trente. Louez un fiacre qui vous déposera à l'arrière. Un serviteur vous attendra pour vous faire entrer.

Évangéline Mirabeau

AUDREY DÉCHIRA SOIGNEUSEMENT LA LETTRE EN PETITS morceaux qu'elle fourra dans un tiroir afin de s'en débarrasser plus tard. Elle prit son réticule et consulta l'horloge de la cheminée. Il était presque treize heures. Elle ferait mieux de partir avant que la Ligue n'arrive pour prendre le thé. Si elle devait expliquer pourquoi elle s'en allait, son frère risquerait de se douter qu'elle mijotait quelque chose... et il n'aurait pas tort !

Elle venait de ressortir de sa chambre et commençait à descendre l'escalier quand sa belle-sœur Anne, rayonnante, émergea de la bibliothèque.

— Audrey ! Je suis vraiment contente de vous avoir trouvée. Cédric et moi aimerions vous parler avant que les autres n'arrivent.

Anne rayonnait et Audrey se doutait que la nouvelle que voulait lui annoncer son frère impliquait l'arrivée imminente d'un petit Sheridan. Elle ne souhaitait pourtant pas gâcher leur moment de joie en leur disant qu'elle avait deviné. Au cours de la semaine qui venait de s'écouler, elle avait vu son frère et Anne se murmurer des choses au petit-déjeuner et partager des sourires secrets.

Audrey tenta d'étouffer un petit pincement d'envie. Elle aurait voulu épouser un homme qui l'aimerait comme Anne aimait son frère. Pourtant, Jonathan ne voulait pas d'elle et aucun autre homme ne l'affectait autant que lui. Elle s'était donc résolue à demeurer seule et à devenir l'archétype de la vieille fille, tout en vivant en secret une vie d'espionnage et d'intrigues... C'est-à-dire si Évangéline Mirabeau parvenait à lui enseigner cet art correctement. Audrey savait qu'elle possédait quelques dons, sans quoi elle n'aurait pas réussi à découvrir les secrets de la bonne société sans qu'on dévoile son alias, Madame Société.

Anne glissa le bras dans celui d'Audrey et elles entrèrent dans l'étude de Cédric. Assis à son bureau, celui-ci parcourait une pile de lettres à la lumière du soleil.

— Cédric, j'ai trouvé Audrey.

Anne lui adressa un sourire amoureux, lâcha le bras d'Audrey et se dirigea vers son mari pour lui embrasser la joue. Cédric sourit, écarta les lettres et se redressa. Avec une lueur dans ses yeux bruns, il enroula un bras autour de la taille d'Anne.

— Ah, c'est bien. Je suppose qu'Anne vous a dit que nous avons des nouvelles à vous communiquer ?

— Effectivement. Audrey attendit, les laissant savourer leur nouvelle.

Elle était vraiment contente pour elle. À Noël dernier, Cédric était devenu aveugle et avait pratiquement perdu l'envie de vivre. Le mariage l'avait sauvé de plus d'une façon. Il avait recouvré la vue ainsi que la joie de vivre. Ils méritaient tous les deux tout le bonheur du monde.

— Nous attendons un enfant. Il est encore tôt, mais nous avons bon espoir.

Les yeux d'Audrey se remplirent de larmes alors qu'elle contemplait son frère et l'épouse de ce dernier. Tous les deux irradiaient d'amour et de la promesse de leur premier enfant.

— Oh, Cédric... Quelle nouvelle fantastique !

Elle se précipita vers lui et les étreignit tous les deux. Son frère lâcha Anne pour étreindre férocement Audrey.

— J'espère que vous accepterez d'être la tante aimante de notre petit bébé quand il sera là.

— Bien entendu !

Elle renifla et s'essuya les yeux quand il s'écarta d'elle. Horatia, leur autre sœur, était également enceinte, mais puisque Lucien et elle habitaient dans leur propre maison, Audrey ne verrait pas leur enfant autant que celui qui vivrait sous son toit.

— Cela étant, ne vous sentez pas obligée de rester, dit Anne d'un ton sérieux. Nous ne voulons que votre bonheur et dernièrement, il nous semble que...

Anne et Cédric échangèrent un regard inquiet.

— Que quoi ? demanda Audrey.

— Que vous êtes seule. Je déteste vous voir l'air triste, ma chérie.

Cédric lui passa un index sous le menton comme il l'avait régulièrement fait au fil des années. Il avait toujours veillé sur elle, avait toujours fait passer ses intérêts en premier. Il avait été contraint de grandir trop vite et était devenu père et mère pour ses sœurs. À présent qu'il était prêt à devenir le père de son propre enfant, elle ne voulait pas être un fardeau. Toutefois, pour être honnête, elle ne pouvait pas vivre toute seule. Cela ne se faisait pas. La société fourrait les femmes dans des cages dorées et elles n'accédaient jamais à la véritable indépendance.

— Les bals et les prétendants vous ravissaient autrefois ! Je vous avais promis d'arrêter de tenir tête à vos visiteurs masculins, alors qu'est-ce qui a changé ?

Comme toujours, Cédric lisait clair dans son jeu. Elle ne souhaitait pourtant pas gâcher son heureuse nouvelle en l'accablant avec ses propres objets de tristesse et d'inquiétude.

Elle se força à afficher un sourire rayonnant.

— Je vais bien.

— Mais...

— J'ai été mélancolique ces derniers temps parce que la mode qui me plaît pour les robes a changé. Je hais devoir changer de garde-robe à cause des tailles plus élevées et des jupons plus larges !

Elle pouffa, un son qui sonna faux à ses oreilles.

— Euh... Très bien...

Cédric hésita, car son instinct fraternel le prévenait que quelque chose clochait. Elle décela un soupçon dans son regard, mais espéra qu'il cesse d'insister.

Un valet de pied vint alors toquer à la porte de l'étude et ils se tournèrent vers lui.

— Milord, vos invités de l'après-midi sont arrivés, dit le jeune homme.

— Prête à partager l'heureuse nouvelle avec la Ligue ? demanda Cédric à Anne, toute inquiétude évaporée.

Rougissante, sa femme hocha la tête.

— J'ai hâte. Trois bébés si proches en âge ! Ce sera fantastique.

Deux autres membres de la Ligue attendaient des enfants, y compris Horatia et son époux Lucien.

— Effectivement, en convint Cédric.

Audrey fit un pas en arrière pour les laisser sortir dans le couloir. Son cœur palpitait rapidement. Elle savait *qui* serait peut-être là.

Jonathan.

Elle ne voulait pas se retrouver face à lui, pas après la dernière fois où ils s'étaient retrouvés seuls ensemble. Il l'avait traînée hors de Fives Court, où elle s'était déguisée en garçon pour voir boxer Charles. Elle avait vraiment cru son déguisement efficace, mais il l'avait reconnue immédiatement. Il avait été furieux qu'elle se soit rendue dans un tel endroit, particulièrement déguisée en homme. Il l'avait exaspérée puis elle avait été furieuse quand il l'avait entraînée à l'écart par le bras comme une enfant capricieuse.

Il l'avait ramenée directement chez elle en calèche et l'avait grondée durant tout le trajet. Elle n'avait pas oublié leur dispute. Elle lui avait crié qu'elle n'était pas une enfant et il lui avait dit : *je le croirai lorsque vous commencerez à vous comporter comme la dame de qualité que vous êtes censée être.*

Une dame de qualité ! Jonathan ne connaissait rien aux dames de qualité. Après tout, il avait été élevé comme un serviteur. Cette pensée la fit grimacer, parce qu'il avait été serviteur autrefois — elle n'était pas snob —, mais parce qu'elle savait le sujet sensible pour lui. Cela ne faisait que quelques mois qu'il savait qu'il était le fils légitime de feu le duc d'Essex et le demi-frère du présent duc.

Quand il avait été introduit dans la bonne société à l'automne dernier, Jonathan avait été entouré d'une aura de scandale. Fils de la suivante de feu la duchesse, il était né d'un mariage secret et avait été caché en pleine lumière au milieu du personnel de son propre demi-frère dont il était devenu le valet...

Bien entendu, Audrey s'en fichait royalement. Elle

appréciait un bon scandale. C'était son point fort, après tout en tant que Madame Société.

Le vestibule ne fut plus qu'une cacophonie alors que la Ligue tout entière défilait à travers la porte d'entrée. Appuyée contre le chambranle de la porte de l'étude de Cédric, Audrey demeurait en retrait. Elle vit Horatia et son époux Lucien, le marquis de Rochester, entrer en premier. Godric, le duc d'Essex, et sa femme Émily vinrent ensuite, suivis par Ashton, le baron Lennox, et son épouse Rosalind. L'absence de Charles, le comte de Lonsdale, inquiéta Audrey.

Elle se faisait du mouron pour lui. Chaque fois qu'un des membres de la Ligue des Rebelles se mariait, il se renfermait davantage. Sa froideur n'était pas naturelle et elle comprenait ce qu'il ressentait. Il y avait quelque chose de triste à voir sa famille et ses amis se marier et la laisser derrière eux. S'ils ne l'excluaient pas exprès, elle ne s'en sentait pas moins seule. Charles devait ressentir la même chose. C'était imparable.

— Audrey !

Horatia, comme d'ordinaire, vint la trouver immédiatement. Sa jolie robe rose s'arrondissait à la taille, là où on voyait la courbe de son enfant à naître. Horatia étreignit fort sa sœur et ses yeux bruns la scrutèrent.

— Tu n'as pas l'air bien. Pourquoi n'irions-nous pas discuter quelque part ? suggéra Horatia.

— Non, je vais bien, très bien, je te l'assure.

Audrey sourit et posa une paume sur le ventre d'Horatia.

— Comment se porte ma future nièce ou mon futur neveu aujourd'hui ?

Sa sœur rayonna.

— Il est énergique. Il donne des coups comme un petit diable.

— Il ?

Audrey appuya sur ce mot et Horatia répondit d'un petit rire.

— J'ai rêvé du bébé et c'est toujours un garçon. Lucien jure que c'est une fille, à cause de toutes les histoires que le bébé fait en donnant des coups de pied qui me réveillent pendant la nuit.

— Je suis bien d'accord, mais je dirais que c'est plutôt un garçon, s'il te cause des problèmes.

Audrey sourit, se sentant mieux en imaginant l'enfant d'Horatia et de Lucien, et toutes les histoires dans lesquelles le petit garçon ou la petite fille pourrait se fourrer.

Avant qu'elle ne puisse dire autre chose, la Ligue tout entière était entrée dans le parloir pour le thé. Audrey les regarda partir, sans faire le moindre geste pour les suivre. Au lieu de cela, elle prit son réticule et se dirigea vers la porte d'entrée. Elle venait de tendre la main vers la poignée quand la porte s'ouvrit. Titubant en arrière, elle cligna des paupières face à la haute silhouette qui se détachait contre la lumière éblouissante dans l'encadrement de la porte.

— Oh... Miss Sheridan.

La voix de Jonathan était aussi douce et satinée que du miel.

Enfer et damnation ! Elle avait espéré pouvoir s'échapper avant son arrivée.

— Mr Saint-Laurent.

Elle se reprit rapidement et fit un pas en arrière pour lui permettre d'entrer. Quand il émergea de la lumière et qu'elle le distingua mieux, elle vit qu'il portait un pantalon en daim qui moulait ses jambes minces et musclées ainsi qu'une redingote marron qui faisait étinceler ses cheveux d'un brun cendré. Ses yeux verts recelaient toujours une lueur diabolique, comme s'il connaissait des secrets qu'elle aurait tout donné pour connaître.

— Pardonnez-moi, je m'apprêtais à...

— Vous enfuir ? suggéra-t-il en haussant un sourcil doré foncé.

L'accusait-il de s'enfuir ?

Elle poussa un juron silencieux. Il avait raison, elle le fuyait. Elle n'aimait pourtant pas savoir qu'il était capable de la lire aussi facilement.

— Je ne m'enfuyais pas, répondit-elle d'un ton hautain. J'ai des choses à faire et je ne peux pas prendre le thé avec tout le monde.

Elle voulut le contourner pour partir, mais il lui attrapa le bras, la retenant captive.

— N'oubliez-vous pas quelque chose ? demanda-t-il d'une voix douce et rauque, un ton qui évoquait davantage le murmure d'un amant dans la chambre à coucher.

L'air entre eux était alourdi par des paroles non prononcées et une tension qui firent frissonner Audrey quand elle sentit un désir interdit s'élever en elle.

Elle baissa les yeux vers elle puis regarda tout autour.

— Non...

Elle leva les yeux au ciel.

— Un chaperon. Vous en avez besoin. Où est Gillian ? Sa prise sur son bras se resserra et le corps d'Audrey vibra de désirs qu'elle avait juré bon d'ignorer malgré toute son envie de s'y abandonner. Les paroles de Jonathan enflammèrent sa colère. Encore une fois, il la grondait comme une enfant et cela la faisait se sentir sauvage et embrasée.

Elle le regarda en plissant les yeux.

— Un chaperon ? Je n'en ai vraiment *pas* besoin et Gillian est occupée à me faire une course. Au revoir, si vous voulez bien. D'un geste brusque, elle libéra son bras et descendit d'un pas inélégant les marches du perron. Une fois dans la rue, elle attendit que son fiacre de location vienne la chercher.

Satané rebelle ! Je ne devrais pas être épiée à tous les instants.

Elle ne regarda pas en arrière, pas une seule fois, même

lorsque le fiacre s'arrêta devant elle et qu'elle communiqua au cocher sa destination alors qu'elle grimpait à l'intérieur.

Quel homme imbécile et odieux !

Audrey regarda par la fenêtre et essaya de se concentrer sur les cours qu'elle s'apprêtait à suivre. Sa tutrice était Évangéline Mirabeau, l'ancienne maîtresse de Godric, le demi-frère de Jonathan. Cette information avait été étonnamment facile à obtenir ; la maîtresse d'un duc avait tendance à avoir une réputation, après tout. Ce qui avait attiré davantage l'intérêt d'Audrey n'avait pas été la relation d'Évangéline avec Godric, mais plutôt comment elle était venue en Angleterre et s'était construit une vie.

Prononcer le nom d'une courtisane aurait suffi à scandaliser la plupart des dames, mais Audrey n'était pas la plupart des dames. Évangéline était française et elle savait beaucoup de choses sur la situation conflictuelle du Continent. Elle avait été forcée de s'enfuir quand sa famille aristocratique avait été tuée. Elle s'était battue pour arriver en Angleterre, mais avait dû devenir courtisane afin de survivre. Au lieu de la juger, Audrey la respectait pour sa force.

Quand la calèche s'arrêta devant le Jardin de Minuit, Audrey frissonna. Elle ne s'était encore jamais trouvée dans une maison de mauvaise réputation, mais c'était le meilleur endroit pour retrouver Évangéline. Les clients du Jardin tiendraient son identité secrète et elle-même ne révélerait jamais leurs noms, puisque personne n'admettrait jamais s'être trouvé sur les lieux. On aurait pu appeler cela une discrétion mutuellement assurée.

Le cocher s'arrêta devant l'allée arrière, juste entre le Jardin de Minuit et la maison suivante. Elle descendit de la calèche et paya l'homme pour qu'il revienne deux heures plus tard. Puis Audrey carra les épaules et se précipita dans l'allée étroite vers une porte qu'on ouvrit avant même qu'elle ait frappé un coup. Ce serviteur était un bel homme dont le sourire avenant fit s'emballer le cœur d'Audrey. Évangéline l'avait prévenue à propos des serviteurs du Jardin et de leur attitude séductrice.

— Bienvenue, Madame, ronronna-t-il. Avez-vous choisi vos plaisirs pour cet après-midi ou bien puis-je vous offrir mes services ?

L'homme lui fit signe de le suivre dans un salon au bout du couloir. Tout dans cette pièce était rouge. Elle rougit en se rappelant que sa sœur s'était introduite en douce ici, autrefois, afin d'y retrouver Lucien. Ce rebelle adorait la couleur rouge. Était-ce ici qu'il avait découvert son amour pour cette couleur ?

— J'ai rendez-vous avec Miss Mirabeau.

Le corps d'Audrey réagit quand l'homme se pencha vers elle, toujours assise sur le canapé, et lui caressa la joue du revers de la main.

— Une dame ? Vous m'en voyez particulièrement déçu. Cela fait une éternité que je n'ai pas goûté à une jeune et jolie pêche telle que vous.

— Je crains que vous n'ayez à attendre un peu plus longtemps !

Le grognement sombre provenait de l'encadrement de la porte, derrière le séduisant serviteur.

Audrey poussa un petit cri de surprise et se pencha sur le côté pour apercevoir celui qui venait de parler. Ses craintes se confirmèrent.

Elle avait été suivie.

CHAPITRE 6

C'est le cœur battant que Jonathan Saint-Laurent gravit les marches de la résidence des Sheridan. *Elle* était à l'intérieur, cette petite diablesse qui, ces derniers temps, avait peuplé bien trop de ses fantasmes. Ses yeux bruns posés sur lui, ses épaisses boucles brun-roux répandues sur un oreiller, ses lèvres entrouvertes alors qu'elle hoquetait et gémissait son nom... Elle était une femme pleine de passions et elle lui faisait terriblement peur. C'était la seule femme de sa connaissance qui paraissait savoir exactement qui elle était et ce qu'elle voulait de la vie. Elle ne voudrait jamais d'un homme comme lui, pas sincèrement. L'intérêt qu'elle lui manifestait n'était qu'un jeu pour elle.

Et je suis l'imbécile qui veut l'épouser si elle accepte.

Hésitant, il s'immobilisa devant la porte fermée. Ses paumes se mirent à suer alors qu'il luttait contre une poussée de nervosité. Il tira sur ses gants d'équitation, essayant de se préparer à entrer. Jonathan s'interrompit et son regard se perdit sur le heurtoir en forme de tête de lion.

À Noël dernier, il avait tout gâché, mais pour être honnête, elle l'avait pris par surprise. Lucien se disputait avec Horatia et il avait encouragé Jonathan à saisir fermement Audrey pour la monter dans sa chambre.

Cela s'était très mal passé.

Il avait perdu le contrôle et avait porté la jeune femme jusqu'en haut des marches. Elle lui avait donné un bon coup sur la tête avec son magazine de gravures de mode et s'était trémoussée comme un poisson hors de l'eau. Le temps qu'il parvienne à l'étage, sa colère et ses passions avaient fusionné si intimement qu'il n'avait pas réussi à les séparer suffisamment pour s'éclaircir la tête. Il l'avait jetée sur le lit et elle l'avait attirée sur elle.

Ce premier baiser... Seigneur ! Elle avait si bon goût ! Sa bouche avait été aussi douce que des pétales de fleurs et aussi chaude que du feu. Il avait perdu le contrôle. On aurait pu embrasser une telle femme pendant des journées entières sans vouloir s'arrêter. Il avait d'ailleurs failli ne pas le faire. Jonathan avait cédé à ses désirs, plaquant Audrey sur le lit et conquérant sa bouche de toutes les façons dont il rêvait depuis des mois.

Elle avait alors eu un geste que les dames de sa naissance n'auraient pas dû connaître. Elle l'avait *caressé*. Son contact sur sa verge, même à travers son pantalon, avait failli le tuer. Il s'était écarté d'elle et avait quitté la pièce. S'il était resté, il l'aurait prise, vu sa quasi-incapacité à se retenir.

Et je me suis enfui depuis.

Il la désirait tant que c'était douloureux, mais elle était trop bien pour lui. Cédric et le reste de la Ligue avaient eu beau encourager leur union, Jonathan se sentait toujours indigne. Il avait vécu comme un serviteur jusqu'à l'âge de vingt-quatre ans. Son monde bien organisé s'était alors complètement retourné quand il avait appris qu'il n'était pas seulement le demi-frère de Godric, mais également le fils *légitime* de leur père.

Universellement connue à présent, la vérité de sa naissance faisait toujours naître des murmures. Audrey ne méritait pas que ce genre de nuage pèse sur sa vie sociale, et il savait à quel point les bals et les fêtes comptaient pour elle. C'était une femme qui aimait la vie, une femme qui aimait rire, sourire et danser. Tant que Londres n'aurait pas cessé de murmurer à son propos, il ne prendrait pas le risque de lui demander de l'épouser, malgré son envie de le faire.

Ayant contemplé le heurtoir pendant suffisamment longtemps, il décida de ne pas s'en servir et pénétra directement dans la maison, s'attendant à trouver la Ligue dans le vestibule. À la place, il entra en collision avec celle qui le torturait.

— Oh... Miss Sheridan, parvint-il à dire, surpris par son charme.

Elle clignait des yeux et plissait les paupières, mais il n'en avait cure. Elle était aussi jolie que si elle était vêtue pour le bal. Elle avait même eu l'air ravissante déguisée en garçon à Fives Court, à crier des jurons comme tout homme l'aurait fait à un match de boxe.

Il trouvait qu'elle était une créature fascinante !

— Mr Saint-Laurent, répondit-elle d'un ton glacial.

Il se dit que c'était certainement sa faute. La dernière fois qu'ils s'étaient retrouvés seuls, il l'avait traînée hors de Fives Court et lui avait fait la morale sur les dangers qu'elle encourait. Elle n'avait pas eu conscience de sa position précaire. Fives Court attirait des gentlemen, mais également la lie de la société, des hommes qui n'auraient reculé devant rien s'ils avaient découvert qu'elle était une femme. Quand il s'était rendu compte que c'était elle et pas un des garçons qui adulaient Charles pendant qu'il boxait, le cœur de Jonathan avait failli bondir hors de sa poitrine. Son unique pensée avait été de l'amener en sécurité. Cette petite diablesse lui en voulait apparemment encore.

Audrey essaya de le contourner.

— Pardonnez-moi, je m'apprêtais à...

— Vous enfuir ?

Il arqua un sourcil. Elle s'enfuyait, chose qui ne lui ressemblait pas. Elle avait aussi le visage pâle et les yeux légèrement rouges. Avait-elle eu une contrariété ? Il fit la seule chose dont il était capable... et la défia de rester pour se disputer avec lui.

— Je ne m'enfuyais pas, lâcha-t-elle en pointant un menton défiant. J'ai des choses à faire et je ne peux pas prendre le thé avec tout le monde.

Jonathan lui attrapa le bras pour la maintenir en place. Il sentait la chaleur de sa peau contre la sienne, lui mettant le feu aux sangs. L'impulsion de la faire tourner vers lui et l'embrasser était presque accablante. La seule chose qui l'en empêcha était de savoir que son frère n'était qu'à une porte de distance, et même si Cédric approuvait leur relation, il ne tolérerait pas que sa sœur soit embrassée comme une fille des rues devant tout le monde. Cela lui vaudrait de se faire tirer dessus sans attendre, même si ce baiser valait la peine d'y laisser la vie.

Il essaya d'étouffer l'impulsion de l'embrasser pour se concentrer sur le fait qu'elle quittait la maison seule.

— Vous n'oubliez pas quelque chose ?

En une tout autre occasion, son air confus alors qu'elle regardait autour d'elle l'aurait fait rire. Elle était si pleine d'assurance qu'elle ne songeait jamais aux chaperons. Une véritable entêtée... Adorablement entêtée.

— Non.

Elle lui adressa un regard noir et il leva les yeux au ciel.

— Un chaperon. Vous en avez besoin. Où est Gillian ?

Il regarda le vestibule à la recherche de la bonne d'Audrey. Ancien domestique, il ne prenait jamais le personnel pour acquis. La bonne d'Audrey était généralement douée pour empêcher sa maîtresse de faire des histoires. Normalement, Gillian suivait Audrey comme une ombre. Les deux femmes étaient rarement séparées, mais il ne voyait aucun signe de la domestique discrète.

— Un chaperon ? Je n'en ai vraiment *pas* besoin et Gillian est occupée à me faire une course. Alors au revoir, si vous voulez bien.

Elle lui reprit son bras avec une force surprenante pour quelqu'un d'aussi petit. Il voulait l'arrêter, l'appeler et lui prier de rester, mais il resta figé au sommet des escaliers alors qu'elle se hâtait vers un fiacre de location. Où se rendait-elle donc ?

— Monsieur, aimeriez-vous rejoindre les autres pour le thé ? demanda Sean Hartley, le valet de pied.

Jonathan fit volte-face vers lui.

— Euh... Non. Savez-vous où Miss Sheridan est partie ?

Sean secoua la tête.

— J'aimerais bien le savoir. Elle n'a pas informé le personnel de son départ.

— Enfer et damnation ! jura Jonathan. Sean, allez chercher mon cheval.

Il retourna en courant vers le perron, gardant un œil sur le fiacre d'Audrey qui descendait la rue à grand bruit. Une minute plus tard, un garçon d'écurie revint avec son cheval qu'on n'avait pas encore mis au box. Jonathan salua le groom d'un simple hochement du menton avant de se hisser en selle et d'enfoncer les talons dans les flancs de l'animal. Il le fit partir au trot afin de rattraper le fiacre d'Audrey, mais sans s'approcher de trop près. Il ne pouvait pas lui faire savoir qu'il la suivait du moins pas avant qu'il comprenne ce qu'elle mijotait.

Sa calèche s'arrêta devant un établissement qu'il ne connaissait que trop bien : le Jardin de Minuit. Haut de gamme, cela restait un bordel. Ce n'était pas un endroit pour des dames virginales et bien nées telles qu'Audrey. Jonathan tira sur les rênes de son cheval, ralentissant suffisamment pour rester à bonne distance de son fiacre. Si elle décidait de regarder autour d'elle, il ne voulait pas qu'elle le voie.

— Qu'êtes-vous en train de faire ? marmonna-t-il en mettant pied à terre et faisant approcher son cheval de l'entrée du Jardin.

Il vit Audrey disparaître par une porte sur le côté du bâtiment. Un serviteur descendit les marches du perron pour venir prendre son cheval et Jonathan lui confia la jument.

— Où mène cette porte ? demanda-t-il à l'homme en désignant l'entrée latérale.

— Vers des chambres privées pour les gentlemen ou les dames qui ont rendez-vous et ne souhaitent pas être vus.

Jonathan souffla. Alors Audrey avait songé à fréquenter une maison close pour satisfaire ses pulsions ?

Il faudrait qu'on le tue ! Au moment où il l'avait embrassée à Noël, il avait su qu'elle n'était pas une fleur fragile ni une vierge tremblante qui redoutait la passion. Elle était une créature sensuelle et sauvage qui aspirait autant que lui à l'amour physique. Cela étant, si elle voulait faire l'expérience des plaisirs de la chair avec quelqu'un, ce ne serait pas dans les bras d'un inconnu au sein d'une maison close. Audrey méritait d'apprendre aux mains d'un gentleman... ou du moins de quelqu'un qui s'efforçait d'en devenir un.

Il descendit l'allée d'un pas vif, ignorant le cri du serviteur qui lui demandait de s'arrêter. Si cet homme le suivait, il l'assommerait d'un seul coup de poing.

Quand il atteignit la porte, il la trouva ouverte. Sans savoir à quoi s'attendre, il se précipita à l'intérieur et fut surpris de découvrir un couloir au papier peint en soie et orné de lampes dorées. Il ressemblait au reste de la maison. Il y avait des portes de chaque côté, qui dissimulaient sûrement des pièces pour se divertir. La plupart des chambres étaient à l'étage.

— Milord ? demanda une femme qui émergea d'une pièce tout près de lui.

Sa poitrine à moitié dénudée et son visage peint étaient censés rehausser sa beauté, mais en vain.

—Je cherche une femme, de cette taille.

Il tendit la main devant sa poitrine, montrant à l'autre femme qu'Audrey était petite.

— Elle porte une robe de batiste bleue et elle a des cheveux et des yeux sombres.

— Elle est avec Rufus, première porte à gauche, murmura la femme d'une voix rauque.

Il ignora son invitation évidente et passa devant elle d'un pas lourd.

— Je vous remercie.

La porte était entrouverte. Les voix étaient de faibles murmures, mais il savait que s'il l'ouvrait davantage, il entendrait mieux. Disposé à se battre, il poussa la porte du bout de la botte assez fort pour l'ouvrir à la volée. Il vit alors un homme grand penché sur un canapé. Entre ses cuisses, il apercevait les chaussons d'Audrey. L'homme l'avait coincée contre le canapé. Ses mots remplirent Jonathan d'une rage aveuglante.

— Cela fait une éternité que je n'ai pas goûté à une jeune et jolie pêche telle que vous.

Serrant les poings, Jonathan fit un pas dans la pièce.

— Je crains que vous n'ayez à attendre un peu plus longtemps.

Rufus se retourna, les yeux écarquillés.

— Milord ?

Il fit un pas de côté, évitant de bloquer Audrey à la vue de Jonathan. *Il comprend vite.* Si Rufus avait tenté de s'interposer entre Audrey et lui, Jonathan l'aurait assommé d'un coup de poing.

— Cette dame ne requiert pas vos services, l'informa

Jonathan. Alors, quittez cette chambre avant que je vous jette dehors.

Rufus lança un dernier regard à Audrey avant de prendre ses jambes à son cou.

— Mr Saint-Laurent !

Audrey bondit du canapé et vint se coller à lui. Un feu ambré brillait dans ses prunelles.

— Comment *osez*-vous me suivre ? Comment *osez*-vous interrompre un rendez-vous privé ?

— Un rendez-vous privé ? Vous n'allez pas requérir le moindre *service* en ces lieux. Vous comprenez ?

Audrey leva son réticule et lui donna un bon coup sur l'épaule.

— Aïe !

Il grimaça. Qu'y avait-il à l'intérieur de ce petit sac à paillettes ?

— Écartez-vous de ma route. Je vais chercher la tenancière pour vous faire éjecter.

Avec la démarche d'un général de guerre, elle chercha à le contourner, mais il l'attrapa par la taille. Avant qu'elle ne puisse l'arrêter, il la jeta par-dessus son épaule et quitta la pièce. Si elle voulait des leçons de séduction, c'est lui qui serait son professeur et personne d'autre.

CHAPITRE 7

Audrey eut le souffle coupé quand Jonathan grimpa le grand escalier qui menait aux autres chambres du Jardin de Minuit. Il ne s'arrêta qu'à une seule reprise pour demander une chambre, alors qu'Audrey poussait des cris... jusqu'à ce qu'il lui donne une fessée. Le coup n'avait pas été doulou-reux, mais le message qu'il envoyait était clair : ce n'était plus elle qui décidait. Normalement, cette perte de contrôle l'aurait terrifiée, mais avec Jonathan, cela lui réchauffa les sangs. Elle en avait le vertige.

Probablement parce que tu es la tête en bas, espèce d'idiote. Elle refusait de laisser son corps la trahir, pas alors qu'elle avait juré d'arrêter de trouver Jonathan attirant.

Il ouvrit la porte de la chambre et referma le verrou avec une finalité effrayante avant de la déposer sur le lit. Audrey respira plus facilement. Se faire transporter comme un sac de pommes de terre n'allait pas la tuer. Sa coiffure artistiquement relevée avait commencé à se défaire et elle retira quelques épingles de ses boucles ébouriffées avant de les jeter sur le sol d'un geste de frustration.

— Pourquoi ne m'avez-vous pas simplement ramenée chez moi ? s'enquit-elle.

Elle refusait de le regarder et observa son propre reflet dans le miroir en pied à l'autre bout de la pièce. Sa coiffure était irrécupérable.

Jonathan éclata d'un rire rude.

— D'abord, dites-moi *exactement* pourquoi vous êtes ici. Savez-vous à quel point votre frère serait furieux s'il vous retrouvait dans un bordel ?

Elle haussa les épaules.

— À l'heure actuelle, il est trop occupé pour songer à moi. Anne et lui attendent un enfant. Il n'a plus le temps de s'inquiéter pour moi, et vous ne devriez pas le faire non plus. Personne ne vous a désigné comme mon gardien alors, cessez d'endosser ce rôle. Il vous apprécie déjà ; ils le font tous. Alors, vous n'avez pas besoin de me protéger pour vous faire bien voir.

Elle se laissa glisser à bas du lit et s'approcha du miroir.

Son corps se remplit de chaleur quand il vint se positionner derrière elle. Il était très grand comparé à elle. Quand elle croisa son regard dans le miroir, elle vit que s'y tapissait le fameux tempérament des Saint-Laurent. Ce n'était pas le genre d'emportement qui vous faisait craindre pour votre sécurité. Quand il était en colère, comme son frère aîné, il évacuait sa fureur par la domination sensuelle. Par exemple, en l'embrassant afin de réduire ses protestations au silence. C'était ce qu'Audrey craignait, pas parce qu'elle ne voulait pas qu'il la domine de la sorte, mais parce qu'elle l'apprécierait trop et que cela lui ôterait toute raison.

— Audrey.

La rudesse de sa voix généralement soyeuse la fit trembler. Elle pointa le menton d'un geste défiant.

— Ramenez-moi à la maison. Je m'en moque.

Ce n'était pourtant pas vrai. Il avait peut-être déjà gâché son projet de retrouver Évangéline.

— Vous ne vous en moquez pas, dit Jonathan d'un ton qui s'adoucissait. Vous possédez les mêmes envies et désirs qu'un homme et ce doit être frustrant de n'avoir personne pour vous enseigner. Ses yeux verts perçants voyaient à travers sa bravade. Comment aurait-il pu savoir que c'était exactement ce qu'elle ressentait ? Prise au piège de ses propres désirs, sans le moindre moyen de se faire plaisir à cause des restrictions que la société imposait aux femmes en termes de passion ? Son futur époux le lui aurait montré, mais elle ne pouvait pas épouser n'importe qui. Elle voulait un mariage d'amour et avait espéré que *cet homme* voudrait d'elle. Cela n'avait pas été le cas.

— Aucun autre homme ne vous l'enseignera.

La détermination féroce dans son regard lui donna envie de pousser un cri de frustration.

— Juste parce que vous ne me désirez pas, ne signifie pas que vous pouvez m'enfermer dans une tour pour que je meure vieille fille !

Avec l'intention de le gifler, elle commença à faire volte-face, mais il se déplaça rapidement. Il glissa un bras autour de sa taille, la gardant captive et la pressant en arrière contre son torse. Son autre main saisit la gorge d'Audrey avec douceur. Cette prise possessive provoqua pourtant en elle un désir ténébreux. Il lui massa doucement le cou avec la paume tout en pressant les lèvres contre son oreille.

— Je n'ai jamais dit que je ne vous désirais pas. Je vous désire trop... C'est là qu'est le problème. Le serviteur avait raison. Vous êtes aussi douce qu'une pêche et j'ai rêvé des milliers de façons dont je pourrais vous prendre. Le murmure diabolique dans l'oreille d'Audrey fit battre son sang si fort qu'il évoquait un rugissement sourd.

— Vous... avez envie de moi ?

Non, il la taquinait, jouait avec elle dans un but cruel ! S'il la voulait vraiment, il ne l'aurait pas abandonnée ou lui aurait résisté quand elle avait essayé de lui témoigner son désir.

— Si fort que c'en est douloureux. Vous savez ce que je ressens ? gronda Jonathan.

La main qu'il avait posée sur la taille d'Audrey glissa

par-dessus ses jupes le long de sa cuisse. Il commença alors à retrousser sa robe et la jeune femme hoqueta quand la paume de Jonathan toucha le bas qui couvrait son genou.

— Que ressentez-vous ?

La question d'Audrey s'échappa de ses lèvres dans un murmure éraillé.

Jonathan lui mordilla le lobe de l'oreille. De petites étincelles coururent le long du ventre d'Audrey. Une chaleur sourde la remplit au plus profond d'elle et une pulsation naquit entre ses cuisses.

— J'ai la sensation que je vais mourir si je ne vous goûte pas, si je ne vous plaque pas sur le lit pour vous ravir. Tous les muscles de mon corps sont tendus par le *besoin*.

Il ondula des hanches contre elle et elle sentit le renflement de son excitation presser contre le bas de son dos. La pulsation en elle s'accrut et elle haleta doucement. Sous ses jupes, la main de Jonathan avait atteint le milieu de ses cuisses et il traçait à présent des motifs taquins sur la peau nue de sa jambe. Audrey était incapable de parler. Elle était captivée par ses mots et les sensations qu'il lui offrait.

— Je me suis souvent demandé si vous étiez une sorte de sorcière, vu l'enchantement que vous m'avez jeté. La nuit, je n'arrive pas à dormir sans m'imaginer en train de vous prendre sans relâche.

Il baissa légèrement ses cils dorés avant de taquiner l'intérieur de son oreille avec la langue. Audrey gémit en sentant l'explosion de nouvelles sensations excitantes provoquées par sa petite langue coquine. Incapable de s'arrêter, elle plaqua les hanches en arrière et se frotta contre lui. C'était un acte complètement dévoyé, mais peu lui importait. Elle avait besoin qu'il lui offre la passion que ses mains et sa bouche lui promettaient.

— Je vous en prie, Jonathan, cessez de me torturer ! l'implora-t-elle.

Le ricanement rauque qui poussa lui donna des frissons délicieux.

— Vous torturer ? Oh, ma chérie. Je n'ai même pas encore commencé.

Lentement, la main qu'il gardait entre ses jambes remonta plus haut, la taquinant délibérément jusqu'à ce qu'il atteigne son sexe plein de désir. Quand il le prit dans sa paume, elle se cambra tandis qu'un flot de sensations explosait en elle. Elle eut le vertige et ses jambes tremblèrent alors qu'il jouait avec elle. Il n'y avait pas d'autre mot que *jouer* pour décrire les contacts légers comme une plume sur sa petite boule de nerf et les tendres caresses le long de sa vulve humide d'excitation.

— Vous mouillez déjà fort pour moi !

Il ronronna ces paroles avec un grommellement bas qu'elle sentit vibrer depuis sa poitrine jusque dans son dos.

Elle était incapable de songer à autre chose qu'aux doigts de Jonathan en elle. Ils la caressaient dans la partie la plus intime de son corps et puis...

L'orgasme la frappa de plein fouet, si fort qu'elle poussa un cri. Il ne la lâcha pourtant pas, comme un chien de chasse qui aurait capturé un lapin. Elle regarda leur reflet et vit qu'il souriait tout en déposant un baiser sur sa joue et en murmurant des petits riens à son oreille. Son cœur s'emballait et son corps tressauta violemment. Elle eut l'impression d'être sur le point de mourir... puis elle implosa.

— Je... ne pense pas être capable de marcher, murmura-t-elle.

Elle raidit les jambes et son corps trembla alors qu'il retirait doucement la main d'entre ses jambes, laissant sa robe retomber.

— Accrochez-vous, ma chère.

Il la prit dans ses bras et la pressa contre sa poitrine pour la porter jusqu'au lit. Il l'y déposa et la rejoignit, s'étendant sur les oreillers alors qu'elle se blottissait près de lui.

Audrey se sentait *à vif*... exposée d'une façon qui n'avait aucun sens pour elle. Chose rare, elle se sentait timide et vulnérable.

Je n'y ai jamais véritablement songé. Embrasser un rebelle est une chose, mais faire l'amour...

C'était trop, les sensations étaient trop effrayantes... et elle n'avait pas encore commis l'acte jusqu'au bout.

— Que se passe-t-il ?

L'inquiétude obscurcit les yeux verts de Jonathan.

— Je devrais y aller, hoqueta-t-elle en se redressant maladroitement du lit.

Elle récupéra son réticule qui était tombé à terre.

— Audrey, arrêtez-vous et reposez-vous. Après une expérience de ce genre, vous avez besoin de plusieurs minutes pour récupérer.

Récupérer ? Elle faillit éclater de rire. Elle ne récupérerait jamais de ce qu'ils venaient de faire.

— Non, je dois y aller. Je suis en train de rater le thé... murmura-t-elle, détestant s'entendre prononcer des mots aussi imbéciles.

Elle essaya d'ouvrir la porte sans y parvenir.

— Vous ne ratez pas le thé.

Jonathan était venu derrière elle. Calant une main contre la porte, il se servait de son poids et de sa force pour la garder fermée.

—Je vous en prie, murmura-t-elle. *Je vous en prie.*

Elle ne savait pas vraiment ce qu'elle lui demandait. Il posa une main sur sa taille et l'attira doucement en arrière contre lui, la serrant fort. Cette tendre étreinte lui donna envie de pleurer, mais elle ne savait pas pourquoi.

— C'était votre première fois, n'est-ce pas ? demanda-t-il en déposant un baiser sur le sommet de son crâne.

Elle acquiesça en silence.

— On appelle cela *la petite mort*, parce qu'au début, c'est effrayant, mais après, c'est fantastique.

Il avait raison. Cela avait été effrayant puis fantastique,

mais ce n'était pas ceci qu'elle craignait. C'étaient les conséquences qu'elle redoutait, ce désir puissant qui paraissait s'attacher à son cœur quand elle songeait à son étreinte, ses baisers et les sensations merveilleuses qu'il lui avait données. Ici, dans le Jardin de Minuit, il voyait certainement sa présence comme une invitation sans engagement ou conséquences. Audrey ne voulait pas d'un cœur brisé. Elle refusait de laisser un homme contrôler ses émotions. L'amour lui avait paru être une aventure grandiose, mais à présent, elle ne voulait pas jouer le jeu et risquer de ne pas être aimée en retour.

— Revenez au lit avec moi.

Jonathan plaqua les lèvres contre son cou et elle frissonna entre ses bras.

— Horatia va se demander où je suis, essaya-t-elle de contrer.

— Oubliez-la.

Jonathan la fit se tourner dans ses bras et lui souleva le menton pour qu'elle le regarde dans les yeux. Il y décela une expression tendre dont la douceur faillit le tuer. Il baissa la tête vers elle et l'embrassa. C'était un baiser très doux. Le mouvement de sa bouche sur celle d'Audrey remplissait son cœur d'une vague lente de chaleur. Elle comprenait enfin pourquoi une femme se pâmait dans les bras d'un homme. Embrasser Jonathan lui faisait tourner la tête comme si elle avait bu trop de sherry. Quand leurs bouches se séparèrent, il caressa ses joues avec ses pouces.

— Vous vous sentez mieux ?

— Oui, murmura-t-elle.

— C'est bien, parce que j'ai besoin de vous parler. De *nous*.

Ses yeux verts évoquaient des vallées en été : émeraude et emplis de secrets.

Parler de nous ? Il n'y a pas *de nous. Il ne veut pas qu'il y ait un nous.* Elle s'échappa de ses bras. Ce qu'il s'apprêtait à dire l'aurait détruite.

— Non. Quoi que vous ayez envie de dire, ne le faites pas. Je ne l'accepterai pas et je ne veux pas en entendre parler.

Elle ouvrit la porte et s'enfuit dans le couloir.

— Audrey, attendez !

Jonathan l'appela, mais elle ne s'arrêta pas. Elle ne s'arrêterait jamais de fuir celui qui lui briserait le cœur.

JONATHAN REGARDA AUDREY S'ENFUIR EN RAVALANT LE goût amer de la déception. Les mots *voulez-vous m'épouser ?* se flétrirent sur ses lèvres et moururent. Elle n'avait même pas voulu les entendre. Lui qui avait pourtant enfin cessé de lui résister et avait décidé de prendre le risque de lui demander sa main, voilà qu'à présent, elle ne voulait pas de lui !

S'était-elle adonnée à un jeu élaboré ? Séduire un

ancien serviteur et risquer le scandale ? Confrontée à la réalité d'un mariage avec lui, elle avait pris ses jambes à son cou.

Jonathan s'adossa au mur de la chambre, la poitrine comprimée par une douleur quasi insupportable. Il ne voulait pas d'autre femme, ne *pouvait* pas posséder d'autre femme que celle qui ne voulait pas de lui.

Il coula un regard au miroir, rejouant tous ces instants exquis et délicieusement douloureux, quand il avait vu Audrey se pâmer entre ses bras. Il n'avait pas reçu d'autre plaisir que celui de la voir jouir. Elle avait fermé les yeux, ces cils sombres s'évasant sur ses joues et ses lèvres pulpeuses entrouvertes, sa langue rose comme celle d'un chaton venant les humecter alors qu'elle haletait. Elle l'avait tenté comme personne d'autre ne l'avait fait.

— Allons donc, Mr Saint-Laurent en personne !

Un ricanement féminin froid provint de l'encadrement de la porte. Il se tourna et vit qu'Évangéline Mirabeau l'observait. Toutes les courbes de cette jeune femme étaient mises en valeur par une robe fine et humide. Ses cheveux d'un blond ambré étaient coiffés en boucles parfaites. C'était une véritable courtisane française.

— Mademoiselle Mirabeau, la salua-t-il.

Elle lui adressa un sourire entendu.

— Nous étions autrefois plus intimes.

Il ne voulait pas qu'elle le lui rappelle. Elle avait été une maîtresse correcte et sa beauté était incontestable, mais les passions qu'elle avait éveillées en lui autrefois étaient une simple flamme de chandelle comparées au brasier qu'Audrey avait créé en lui.

— C'est vrai, en convint-il. Autrefois, mais plus maintenant.

— Vous me blessez avec une telle assurance ? Ah, c'est la vie.

Évangéline parcourut la pièce du regard.

— Où est votre petite amie ? La fille Sheridan ? J'en déduis que vous l'avez escortée ici pour ses leçons ?

— Des leçons ?

Complètement désarçonné, il la regarda en haussant un sourcil. Audrey était venue pour apprendre à devenir courtisane ?

La Française inclina la tête. L'amusement dans ses yeux s'évanouit et elle se fit sérieuse.

— Ne savez-vous donc pas ?

— Quoi donc ?

— Qu'elle s'intéresse à... l'étiquette étrangère ?

Jonathan s'agita nerveusement en essayant de comprendre ce qu'Évangéline était en train de lui dire.

— L'étiquette... Je ne... Qu'est-ce que cela a à voir avec vous ?

— Ah, je vois. Vous avez des sentiments pour elle, n'est-ce pas ? Vous êtes venu ici parce que vous vous inquiétez pour sa sécurité ?

Elle soupira comme si elle s'apprêtait à faire quelque chose dont elle n'avait pas l'habitude.

— Je n'expose généralement pas les secrets de mes clients, mais puisqu'elle compte autant pour vous, je pense que vous devriez être mis au courant. Ce n'est pas simplement pour les bals qu'elle a envie d'apprendre les mœurs de la cour française.

— Que voulez-vous dire ?

— Je ne peux pas vous le révéler, mais votre ami Avery Russell le fera peut-être.

— Avery ?

Soudain, les commentaires mystérieux d'Évangéline prirent tout leur sens.

— Elle est venue pour apprendre à être une espionne ?

Jonathan cracha ce dernier mot.

— Audrey n'est pas venue pour apprendre l'art de la séduction ?

— Absolument pas. Nous avons déjà vu cela en prenant le thé voilà plusieurs mois.

Quel besoin avait-elle d'apprendre l'espionnage ?

Puis cela le frappa. Elle passait beaucoup de temps avec Charles. De temps en temps, ce dernier participait aux missions d'espionnage londoniennes d'Avery, le benjamin de Lucien Russell. Audrey s'était entraînée à l'art du déguisement, mais il n'avait pas réalisé qu'elle aurait besoin de prendre contact avec quelqu'un pour lui enseigner comment devenir espionne.

Évangéline souriait toujours.

— Je vais devoir reporter notre session puisque vous lui avez fait peur.

Elle le regardait comme si elle attendait quelque chose, ne s'inquiétant pas plus d'avoir bel et bien exposé les secrets de sa cliente.

Avec un grondement bas, Jonathan tira plusieurs billets de sa poche et les lui tendit.

— Merci pour aujourd'hui, et ceci, dit-il en ajoutant quelques billets, est pour que vous refusiez de l'aider la prochaine fois. Elle est trop innocente pour devenir espionne. Je ne veux pas qu'elle se mette en danger.

— Mon ami, à moins de l'enfermer, je crois qu'on sait tous les deux que cette petite femme n'en fera qu'à sa guise.

Ces paroles lui tirèrent un grognement. Évangéline avait raison.

— Et si c'est le cas, poursuivit-elle, mieux vaut être prête, non ? Honnêtement, quelle façon de procéder la mettra davantage en danger ?

— Très bien. Si elle vous recontacte pour quoi que ce soit, et je pèse mes mots, écrivez-moi immédiatement. J'ai envie d'être impliqué.

Il attendit qu'Évangéline hoche la tête avant de lui donner le dernier billet qu'il tenait à la main. Puis il quitta la chambre en trombe. Cette journée avait été un désastre complet. Non seulement la femme qu'il aimait lui avait dit qu'elle ne songerait jamais à l'épouser, il avait également appris qu'elle risquait sa vie dans des mascarades d'espionnages et d'intrigues. Jonathan savait qu'il allait devoir en parler à son frère et sa sœur ; ils lui feraient entendre raison.

Si je ne peux pas être son mari, je n'en ferai pas moins tout ce qui est en mon pouvoir pour la protéger.

LE TEMPS QU'AUDREY REVIENNE CHEZ ELLE, ELLE ÉTAIT étourdie et ses émotions se déchaînaient. Elle savait qu'elle avait une tête horrible avec ses cheveux défaits et sa robe froissée, mais elle ne pouvait rien y faire. Elle n'avait qu'à aller à l'étage pour se reprendre.

— Madame ! hoqueta Gillian.

Sean, le valet de pied, et elle émergèrent de l'escalier de service et se précipitèrent vers elle.

— Gillian ?

Audrey observa la suivante. Cette dernière avait l'air aussi bouleversée qu'elle.

— Oui, Madame.

Sean fit un pas en avant.

— Madame, nous devons vous parler. Je crains que ce soit urgent.

— Ah oui ?

Audrey se dirigea vers les escaliers. Elle possédait sa

propre étude privée. Ce serait un endroit idéal pour s'entretenir. Avec Gillian, Sean était le seul à qui elle avait confié qu'elle était Madame Société. Ce serait loin d'être leur première réunion secrète. C'était une bonne chose que son frère et la Ligue soient probablement encore en train de prendre le thé. Une fois que Gillian et Sean furent entrés, elle referma la porte et alla s'asseoir à son bureau.

— Madame, vous avez reçu une mise en garde de Mr Worthing. Vous devez oublier le projet de ce soir, l'implora Gillian.

Worthing l'enjoignait à ne pas se rendre au Hellfire Club ?

— Mais pourquoi ? Vous savez que ces hommes sont des monstres. Je ne peux pas les laisser poursuivre leurs affreuses réunions.

Elle ne dit pas qu'une partie d'elle était si bouleversée qu'elle se sentait suffisamment téméraire pour ne pas écouter leurs mises en garde.

— Madame, il y avait un homme. Il m'a attaquée pour récupérer cette même lettre que m'a confiée Mr Worthing.

— Attaquée ? Seigneur, Gillian. Vous allez bien ?

Audrey se redressa d'un bond, alla droit à sa bonne et la fit fermement asseoir sur un fauteuil.

— Je vous en prie, asseyez-vous. Je n'en avais aucune idée.

Gillian, attaquée... Audrey ravala une vague de culpabilité. Elle était entièrement responsable du danger qu'elle avait attiré sur sa suivante.

— Je vais bien. Lord Pembroke m'a aidée et escortée jusqu'ici.

James Fordyce avait aidé Gillian ?

— Vraiment ? James est vraiment un amour, murmura-t-elle.

Elle l'avait toujours adoré. C'était un bel homme particulièrement bienveillant. Il semblait toujours prêt à secourir des dames, même si généralement, elles n'avaient pas besoin d'aide.

— Je devrais le remercier.

— Non ! s'exclama Gillian. Je… C'est-à-dire… Le comte de Pembroke m'a prise pour une dame et je… je ne l'ai pas repris.

Cela prit Audrey par surprise. Sa suivante si docile et à cheval sur les règles avait fait semblant d'être une dame ? Audrey fut plus impressionnée que furieuse.

— Vais-je être renvoyée ?

La tristesse dans la voix de Gillian était immanquable.

— Renvoyée ? répéta Audrey en inclinant la tête. Pourquoi vous renverrais-je ?

— Parce que j'ai menti à Lord Pembroke et que je me suis donné des airs.

— Une autre femme vous aurait peut-être renvoyée, mais nous ne sommes pas simplement maîtresse et suivante, Gillian. Nous sommes *amies*. Je vous connais presque comme si je vous avais faite. Je ne trouve pas votre comportement envers Pembroke si terrible. Il a fait une supposition et vous ne l'avez pas corrigé. On s'en inquiétera plus tard. Ce qui compte est que vous soyez saine et sauve. Ce soir, je veux que vous vous reposiez. Sean veillera sur vous.

— Et vous allez rester ici, Madame ? En sécurité ? insista Gillian.

La sincérité dont la servante faisait preuve en lui posant la question fit naître une autre vague de culpabilité, car Audrey s'apprêtait à lui mentir, à cette amie en qui elle faisait confiance comme à une sœur.

— Je vais rester en sécurité, assura-t-elle à Gillian. À présent, allez-vous coucher et reposez-vous.

Sean escorta Gillian hors de l'étude d'Audrey. Une fois qu'ils furent partis, elle se laissa tomber dans un fauteuil et cala ses genoux sous son menton. Elle ne voulait pas songer à tout ce qui s'était passé ce jour-là. Sa rencontre avec Jonathan l'avait laissée vide et déchirée. Elle n'avait encore jamais été aussi faible. Elle abhorrait ce mot, d'ailleurs. Son frère et sa sœur, quoique protecteurs envers elle, ne l'avaient jamais laissée cultiver une personnalité qui tend à la faiblesse.

Je ne laisserai pas un homme me briser le cœur et me détruire. Certainement pas.

Ce soir, elle allait mentir à Gillian. Elle révélerait au grand jour que Gérald Langley et ses amis étaient des hommes mauvais. Ce serait assurément dangereux, mais elle avait déjà fait la chose la plus dangereuse qu'elle voyait, c'est-à-dire s'abandonner dans les bras de Jonathan.

Ses leçons libertines avaient prouvé qu'elle avait encore beaucoup de choses à apprendre et pourtant, elle n'en aurait jamais l'occasion, pas avec cet homme qui ne la désirait pas vraiment. Audrey essuya ses larmes et partit chercher une autre suivante pour l'aider à se préparer à la soirée. Elle irait seule, ne songeant pas à son cœur brisé.

MERCI BEAUCOUP D'AVOIR LU *LA RÉBELLION DU désir*! Les histoires d'Audrey et de Gillian se poursuivront jusqu'à leur dénouement heureux dans les livres *Le Comte de Pembroke* et *Un secret rebelle*. Cependant, le prochain roman de la série est centré sur Lawrence Russell, le frère de Lucien, et sa romance enflammée. Tournez la page pour lire le premier chapitre de *Rebelle au cœur*.

REBELLE AU CŒUR

Règle de la Ligue numéro 11 :

De temps à autre, un homme devrait se souvenir d'être gentleman, même s'il pense avoir oublié comment.

Extrait de *La Gazette de la Lorgnette*, 28 avril 1821, rubrique de Madame Société :

Un certain gentleman nommé Mr Lawrence Russell a piqué la curiosité de Madame Société. Son frère aîné, le marquis de Roches-ter, est déjà tristement célèbre pour son appartenance à la Ligue des Rebelles, mais concernant la personne de Mr Russell, les rumeurs vont bon train...

Madame Société aimerait savoir s'il compte se marier, ou bien s'il va continuer à faire comme son frère autrefois et refuser toute occasion de mariage ? Dans le premier cas, Madame Société tentera de lui trouver une épouse convenable ; dans le deuxième, elle perçoit son célibat affirmé comme un défi. Tout rebelle que vous soyez, Mr Russell, Madame Société trouve que vous ferez un bon époux. Alors... à qui vais-je vous unir ?

Tu m'appartiens, à présent.

Ce murmure résonnait encore dans la tête de Zehra Darzi quand elle se réveilla en sursaut. Au cours des vingt-quatre dernières heures, elle avait quand même réussi à dormir un peu dans sa prison dorée. Ces mots qui la hantaient lui faisaient toujours palpiter la tête alors qu'une nouvelle vague de peur la balayait. L'homme qui les avait prononcés avait assassiné ses parents et l'avait kidnappée dans son palais persan trois semaines auparavant.

Al-Zahrani. Son nom était comme un poison amer sur sa langue et elle contint une nausée. Elle n'était restée sa prisonnière que pendant quelques jours et l'avait écouté se vanter de l'avoir capturé et lui dire qu'il prévoyait d'en faire sa concubine, avant qu'elle ait eu l'occasion de s'enfuir.

Elle serra les poings et grimaça quand ses ongles s'enfoncèrent dans ses paumes. Quelques coupures pas encore refermées la brûlaient toujours. Elle avait escaladé une branche basse près des murs d'Al-Zahrani afin de s'échapper. Elle avait été si proche de sa liberté, l'avait senti à chaque pas alors qu'elle avait titubé et couru à travers les collines du désert !

Puis après deux jours sans manger et sans boire, elle s'était écroulée sur les dunes, les lèvres desséchées et craquelées, les yeux brûlants. À l'horizon, elle avait aperçu des cavaliers vêtus de sombre. Au début, elle avait pensé qu'ils étaient son salut, mais elle avait bientôt réalisé le contraire.

C'étaient des marchands d'esclaves.

À présent, elle était emprisonnée dans un bordel anglais à des milliers de kilomètres de chez elle.

Pour la centième fois, le regard de Zehra parcourut la pièce. Elle aurait souhaité que la femme qui veillait à son bien-être – si on pouvait appeler cela ainsi – lui amène une carafe d'eau fraîche. La gorge sèche, elle aurait été quasiment prête à tout pour une gorgée d'eau. La nuit était tombée et personne n'était passé la voir depuis tôt dans la matinée, quand les marchands l'avaient vendue à la tenancière de cet horrible endroit. Elle s'humecta les lèvres et refusa de pleurer.

Tu es forte. Tu es la fille d'un Shah et d'une dame anglaise. Personne ne te possède, peu importe ce qui se passera ce soir.

C'était le mantra qu'elle s'était répété sans relâche alors que les esclavagistes l'avaient raillée durant leurs longues journées en mer. Elle n'avait pas été la seule femme qu'ils avaient capturée, mais l'une des seules qu'ils avaient laissée intacte. Le nom de son père avait eu assez de poids pour lui offrir cette protection, du moins contre l'avidité des hommes.

Vendre une princesse persane nous fera un joli profit. Elle entendait toujours la voix moqueuse du capitaine alors qu'il enroulait une mèche de ses cheveux autour de ses doigts avant de lui écraser les seins sous ses mains baladeuses. Il l'avait alors jetée dans une chambre minuscule où elle avait passé les deux semaines qu'avait duré son voyage.

À présent, Zehra Darzi regardait la porte fermée qui la gardait prisonnière de sa nouvelle geôle. À travers les parois fines de sa chambre colorée, elle entendait des bruits de passion, des grognements masculins et des gémissements féminins ainsi que les sons sourds des meubles qui bougeaient de façon rythmique. La bile lui remonta dans la bouche. Elle essaya de ne pas se dire à quel point cette chambre minuscule était différente des pièces colorées et ouvertes ainsi que des jardins de roses de son ancienne demeure.

Au moins, tu as échappé à Al-Zahrani. Ici, il ne pourra pas te retrouver. Elle espérait que ce soit vrai. Durant sa brève captivité, il s'était vanté de pratiquer l'esclavage, comme tant d'hommes puissants dans la région. Il lui avait également dit que les pays de l'Occident payaient rubis sur ongle pour avoir des beautés étrangères. Cependant, il lui avait assuré qu'il ne la vendrait jamais, car il voulait avoir le plaisir de briser sa résistance lui-même.

Aucun homme ne briserait *jamais* sa résistance.

Zehra contempla cette satanée poignée de porte,

s'imaginant qu'elle s'ouvrirait par magie, mais même alors, elle savait que s'échapper serait impossible. Quand on l'avait escortée jusqu'à cette pièce, deux colosses montaient la garde à l'extérieur. Leurs visages sans expression l'avaient effrayée. Elle doutait qu'ils aient bougé depuis.

Pour la dixième fois depuis qu'elle avait été jetée dans cette chambre, elle s'assit sur le lit et essaya de calmer la peur qui bouillonnait en elle. Elle ne parvint pourtant pas à rester assise alors que sa vie et sa liberté étaient en jeu. Zehra passa ses options en revue. Elle avait tenté de les soudoyer, mais la tenancière et son troupeau de gourgandines avaient ri quand Zehra leur avait promis des richesses qui dépassaient leurs rêves les plus fous. On l'avait froidement informée que sa seule valeur était l'argent qu'elle rapporterait à la vente aux enchères de la soirée. Quand Zehra leur avait dit qu'elle était à moitié anglaise et issue de l'aristocratie, elles avaient redoublé d'hilarité, manifestement incrédules. Sa peau était trop olivâtre, ses cheveux noir de jais et ses traits plus exotiques. À leurs yeux, elle n'était pas une rose anglaise.

Je suis peut-être une femme, mais je me battrai avant de m'abandonner au désespoir.

Son dernier espoir – faible, mais pas impossible – était de trouver un gentleman à la vente aux enchères de ce soir qui l'écouterait et la croirait quand elle lui dirait qu'elle se trouvait là contre sa volonté. Elle ne pouvait pas devenir esclave, car l'esclavage était illégal en Angleterre. Bien entendu, la tenancière lui avait rappelé que les Anglais gardaient de sombres secrets... tels que des esclaves. Elle espérait pourtant qu'il y aurait un homme ce soir qui la prendrait en pitié et la libérerait.

La poignée cliqua quand le verrou s'ouvrit. Zehra se raccrocha à la colonne du lit, ses doigts s'enfonçant dans le bois. Elle poussa un soupir de soulagement quand une femme portant une perruque blonde bouclée pénétra dans la pièce. La poudre rouge qui recouvrait le fond de teint blanc de ses joues était assortie à sa robe rouge ravissante.

— La tenancière dit qu'tu dois porter ça ce soir. Je vais t'aider.

La femme posa la robe sur le lit et cala les mains sur ses hanches.

— Et pas d'entourloupes ! Les gardes sont dehors et ils te rattraperont vite si tu essayes de t'enfuir.

Zehra scruta le visage pâle de cette femme. Sa pitoyable perruque blonde était arrangée en une coiffure négligée et ses bras étaient maigres. Sa minceur était maladive. Zehra était une femme forte et plantureuse. Elle n'aurait aucun mal à la maîtriser, mais pas les gardes au-dehors.

— J'ai *dit* pas d'histoire, lâcha la femme. Je t'ai vue regarder vers la porte. Allez, dépêche-toi.

Elle désigna la robe qu'elle avait jetée sur le lit.

— Très bien.

Levant la main vers les boutons à l'avant de sa robe, elle commença à les retirer de leurs petites boutonnières. La femme attendit que Zehra ait retiré sa robe de voyage bleu pâle avant de l'aider à enfiler celle de soirée en satin rouge. Elle seyait à la silhouette plantureuse de Zehra, mais à l'instant où celle-ci l'enfila, une vague de nausée la saisit. Elle ferma les yeux, inspirant profondément le temps que le malaise se dissipe.

— Ça ira, non ? demanda la femme en adressant à Zehra un signe du menton.

Celle-ci contempla son reflet dans le miroir accroché dans le coin, près de la fenêtre fermée. La soie rouge faisait ressortir la teinte olivâtre de sa peau, mais son corsage était dangereusement bas. Elle avait été élevée dans un pays où les femmes ne s'habillaient pas de la sorte et elle savait par sa mère que les Anglaises ne portaient pas non plus de décolletés aussi profonds.

— Rien à faire pour les chaussures !

La blonde regardait les bottes noires pratiques de Zehra.

— Et tes cheveux... Il n'y a personne ici qui sache faire des coiffures comme les jolies dames.

Si elle avait hérité des yeux bleu clair et des lèvres pulpeuses de sa mère, Zehra tenait de son père ses traits persans et ses cheveux noir corbeau. Quelques jours auparavant, confinée dans la cabine d'un bateau, elle s'était fait un chignon lâche avec des épingles et elle ne l'avait plus touché depuis. Elle ajusta les épingles à la hâte.

— C'est bon. Dans quelques heures, ça ne comptera plus. Pas quand tu seras sur le dos à t'offrir à un gentleman. Ça va probablement être cet homme basané.

Zehra avait écouté ses bavardages d'une oreille distraite jusqu'à ce qu'elle entende le mot *basané*.

Elle agrippa le bras de l'autre femme.

— Quoi ? Quel homme ?

La prostituée la fusilla du regard et Zehra la lâcha.

— Un homme qui parlait de toi à la tenancière. Il est plus foncé que toi. Quand il a découvert que tu avais été vendue ici, il a même essayé de t'acheter. Il a dit que tu lui appartenais.

Les mots d'Al-Zahrani tranchèrent le fin voile d'espoir auquel elle s'était raccrochée. *Tu m'appartiens, à présent.*

— Qu'a-t-il dit, exactement ? A-t-il mentionné son nom ?

— Son nom ? Je ne l'ai pas entendu. Quelque chose d'étranger, de bizarre, tu sais.

La femme tira sur sa robe, mais elle était trop froissée pour être récupérable.

— Il est déjà venu. Il vend des filles comme toi tout le temps quoiqu'il n'en achète généralement pas. Il était vraiment furieux que quelqu'un d'autre t'ait vendue à nous. La tenancière lui a dit qu'il faudrait qu'il participe à la vente aux enchères comme tout le monde.

Non... Seigneur ! Non ! C'était Al-Zahrani. Forcément ! Un étrange goût de rouille lui remplit la bouche et ses paumes se couvrirent de sueur. Il l'achèterait ce soir. Il paierait n'importe quelle somme pour elle. Et puis...

— Bon, suis-moi.

La femme se dirigea vers la porte et Zehra la suivit en touchant du doigt le petit médaillon doré autour de son cou. Seul objet de valeur qu'il lui restait, il contenait le portrait de ses parents. Al-Zahrani n'avait vu aucun avantage à le lui prendre quand il l'avait enlevée et les trafiquants du bateau ignoraient qu'elle l'avait dissimulé dans ses jupes. L'or était chaud sur sa peau et elle traça du doigt les motifs floraux complexes, regrettant plus que tout au monde que ses parents ne soient plus là. Elle aurait aimé se retrouver dans son lit, réaliser que tout ceci n'était qu'un horrible cauchemar.

Le bordel était décoré d'un papier peint en satin rouge. Des appliques dorées illuminaient le couloir tandis que la prostituée guidait Zehra vers une porte au bout du couloir. Trois serviteurs musclés se tenaient derrière elle, empêchant toute tentative d'évasion. Zehra serra les poings dans les plis de sa jupe pour les empêcher de trembler. La porte s'ouvrit et une vague de sons la frappa. Des hommes riaient et parlaient dans l'intérieur sombre de la pièce. Il y avait une petite scène équipée d'une chaise. Al-Zahrani était sûrement tapi dans l'obscurité, attendant comme un loup prêt à bondir.

La blonde la poussa vers la scène.

— Va t'asseoir.

Zehra gardait la tête baissée, même si l'éclairage sur la scène l'empêchait de distinguer un seul des hommes.

— Nous entamons les enchères de ce soir par un joli cadeau pour les messieurs, dit un Anglais en ricanant. Mettez-vous-en plein la vue avec cette princesse persane. Quels plaisirs cette beauté virginale connaîtra-t-elle dans votre lit ? Les enchères commencent à cinq cent livres.

Elle sentit son cœur marteler quand les hommes lancèrent les enchères. Les sommes se faisaient de plus en plus importantes. Les parfums tenaces du tabac et de l'alcool alourdissaient l'atmosphère, remplissant ses narines d'une puanteur qui lui était insupportable. Elle voyait les ombres des hommes au-delà du rond de lumière du lustre. Ils rôdaient à la périphérie de sa vision comme des créatures nées dans l'obscurité. Des rires rudes résonnaient dans la pièce, offrant une symphonie macabre aux sons du bordel. Zehra se concentra sur les enchères, essayant de ravaler sa panique en se récitant les chiffres dans la tête, sans relâche.

— Deux mille livres !

La voix d'Al-Zahrani traversa la pièce. Elle était immanquable. Zehra ne bougea pas, n'eut pas le moindre mouvement de recul même si une partie d'elle s'était transformée en glace.

Je vous en prie, faites que quelqu'un enchérisse contre lui. Le diable en personne serait préférable.

— Deux mille ?

Une voix de velours toute proche ricana.

— Par le ciel, cette beauté vaut bien davantage ! Sept mille !

Elle faillit lever la tête, se demandant qui dépenserait autant pour devenir son maître, mais elle s'en abstint. Son regard n'aurait jamais percé la pénombre. Al-Zahrani allait-il enchérir contre l'autre homme ?

Je vous en prie, laissez ce diable l'emporter, quel qu'il soit. Je préférerais que ce soit lui qui devienne mon maître.

Le silence s'abattit sur la pièce alors que celui qui venait d'enchérir avec sept mille livres éclatait de rire.

— Personne n'est assez courageux pour surenchérir, hein ?

Cette voix qui évoquait un feu crépitant en plein milieu de l'hiver la fit rougir.

L'homme qui menait les enchères se rapprocha de la scène.

— D'autres propositions ? Sept mille une fois...

Il marqua un temps d'arrêt interminable.

— Deux fois...

Zehra ne respirait plus.

— *Vendue* au gentleman pour sept mille livres. Une fois que vous aurez payé pour votre dame, vous pourrez l'emporter.

Zehra leva enfin la tête. Elle scruta désespérément l'obscurité qui l'entourait, mais ne distingua que des formes vagues.

— Par là.

Le vendeur lui serra cruellement le bras et l'entraîna au bas de la scène, ignorant le cri qu'elle poussa. Elle tituba.

— Arrêtez ! gronda un homme près d'elle alors qu'une main lui saisissait l'autre bras.

Ferme, mais douce, elle essayait de la remettre droite.

— Refaites-lui mal et je vous dégomme, c'est compris ? Je ne veux pas que mon bien soit abîmé.

— Bien entendu.

Le vendeur desserra rapidement sa prise. Zehra savait qu'elle aurait des bleus le lendemain.

— Vous sentez-vous bien, ma chère ? demanda l'homme.

Elle plissa des paupières, ses yeux s'ajustant doucement à l'obscurité. Elle aperçut un grand gentleman séduisant aux cheveux roux. Elle avait prié pour qu'un diable vienne la secourir et elle en avait trouvé un. Elle regarda autour d'elle, craignant de voir qu'Al-Zahrani attendait de pouvoir l'enlever.

— Oui... Je...

Elle déglutit sans trop savoir quoi dire d'autre.

— Bien. Attendez-moi. Je ne serai pas long. Je vous promets de ne laisser personne vous faire du mal.

L'homme se tourna et disparut dans la foule.

Il ne laisserait personne lui faire du mal ? Elle sentit en elle une bouffée d'espoir si forte qu'elle faillit sourire. Elle était à la merci de ce bel inconnu. Il lui rendrait peut-être sa liberté et alors, elle retrouverait la famille de sa mère.

— Viens par ici, gronda le vendeur en lui reprenant le bras – moins fort cette fois –, pour la ramener jusqu'à sa chambre. Zehra entendait à peine les grommellements de cet homme. Elle se disait simplement que cette soirée ne serait peut-être pas aussi terrible qu'elle l'avait craint. Si elle parvenait seulement à convaincre celui qui l'avait achetée de l'aider, elle garderait une chance de survivre.

— Il reviendra te chercher une fois qu'il aura payé. En supposant qu'il possède une telle somme, ajouta le vendeur en ricanement. Aucun gentleman n'a jamais payé autant pour une jolie fille comme toi. J'espère que tu en vaux la peine, parce que la tenancière refuse de rendre son argent à qui que ce soit.

Le vendeur rit doucement, un son qui érailla les oreilles de Zehra alors qu'il lui refermait la porte de la chambre au visage.

Zehra déglutit fort. La finalité du son du verrou qui se remettait en place la remplit de terreur, mais elle se raccrocha à l'espoir que lui avait donné son sauveur. Elle colla le front contre le bois, retint sa respiration en ravalant ses larmes. Terrifiée, elle était également pleine d'espoir et très fatiguée, mais ce soir, tout se passerait peut-être bien.

Je vous en prie… faites qu'il soit un homme bon qui me sauvera d'Al-Zahrani.

Lawrence Russell méprisait la Maison Blanche de Soho. Comptant parmi les bordels les moins renommés de Londres, il avait un côté sombre qui faisait frissonner de dégoût même les rebelles aguerris tels que lui. Il préférait largement le Jardin de Minuit, qui ne versait pas tant dans la prostitution que dans la mise en relation des ladies et des gentlemen aristocrates aux désirs similaires.

Quand je séduis une femme, c'est par désir mutuel, pas pour une transaction monétaire.

Aucune maîtresse n'avait jamais exigé de beaux vêtements ou des bijoux. Elles l'avaient seulement prié de ne jamais quitter leurs lits. Et il avait été ravi de les contenter pendant aussi longtemps qu'il l'avait pu.

Il observa la foule qui occupait la pièce de jeux de cartes plongée dans la pénombre. Les tables avaient été écartées d'environ trois mètres pour faire de la place à une petite scène, assez grande pour accueillir une personne sur la chaise positionnée en son centre. La pièce était remplie d'hommes et de la fumée montait paresseusement de leurs cigares allumés alors qu'ils parlaient et buvaient. Il reconnut plusieurs visages. Heureusement, il n'y avait personne qu'il aurait considéré comme un ami proche. La vente aux enchères de ce soir... Ce concept suffisait à retourner l'estomac de Lawrence.

Il ne serait pas venu sans cette lettre d'Avery, son plus jeune frère, qui lui disait de venir ce soir-là et de noter quels hommes achetaient de la marchandise lors des enchères privées qui s'y tiendraient.

Sur le coup, Lawrence n'avait pas compris que la marchandise serait des *esclaves*. Il avait espéré contribuer à enrayer une autre activité honteuse... mais l'esclavage ? Et pas un simple esclavage, il était d'une nature intime.

L'esclavage avait été proscrit en Angleterre, du moins publiquement. Ce soir-là pourtant, des femmes seraient vendues au plus offrant comme des chevaux à Tattersall's et seraient sans doute traitées avec moins d'égards. L'idée que des femmes subissent ce genre de destin le mettait en rage. Il *adorait* les femmes. C'étaient des créatures ravissantes et délicates qui méritaient d'avoir des amants prévenants, espiègles et stimulants au lit... Pas cette injustice !

Quand il avait entendu les murmures des autres hommes présents, son cœur avait commencé à se remplir d'appréhension. Avery était censé arriver juste après les enchères afin d'arrêter les hommes qui avaient acheté ces femmes et les placer en état d'arrestation.

Mais si Avery arrivait trop tard ? Et si certains de ces individus parvenaient à partir avant que la vente ne se termine et qu'ainsi les femmes ne puissent pas être secourues ? Il essayait de se concentrer et de rester calme, mais des centaines de nouvelles terreurs l'envahirent. Il devait cataloguer tous ceux qui feraient une offre, pas seulement ceux qui achetaient une esclave.

Un des hommes qui gérait la Maison Blanche s'approcha de la scène et ajusta la petite chaise élégante sur le podium. Un silence s'abattit sur la foule. La tension qui alourdit l'atmosphère était si épaisse que Lawrence eut l'impression d'étouffer.

— Nous allons bientôt commencer, gentlemen. Soyez patients.

Autour de lui, le murmure des conversations reprit. Il avait encore le temps avant le début des enchères. Lawrence s'adossa contre un mur, près de la porte la plus proche, afin d'avoir une issue rapide. Il voulait partir dès que cette scène horrible serait terminée.

À côté de lui, la porte s'ouvrit en grinçant et une femme à la chevelure blond foncé guida à l'intérieur une autre vêtue de rouge. En route vers la scène, elles passèrent près de lui. Le satin murmura contre ses bottes quand la seconde femme le frôla au passage et une bouffée d'eau de rose lui taquina les narines. Il la regarda s'avancer vers la scène, suivant ses mouvements, détestant l'idée que cette femme puisse subir ce destin. Cela suffisait à rendre malade n'importe quel homme décent.

Lawrence aspira une goulée d'air quand la femme fut baignée de lumière en s'approchant du petit dais. Les hommes la reluquèrent et certains crièrent des suggestions cruelles de ce qu'ils aimeraient lui faire. Comme dans un rêve, Lawrence s'approcha d'elle et de la scène. Ses cheveux noir corbeau et sa peau légèrement olivâtre étaient exquis, même sous l'éclat de l'unique lustre au-dessus de sa tête. Sa robe de satin rouge embrassait toutes ses courbes, ne laissant pratiquement rien à l'imagination. Loin d'avoir l'air vulgaire, cette femme était irrésistible.

Autour de lui, les murmures s'élevèrent parmi les hommes qui regardaient avec avidité le lot sur lequel ils avaient bientôt l'intention d'enchérir. Lawrence réprima l'envie de courir vers cette femme, de l'attraper et de s'enfuir après avoir jeté tous les hommes présents du haut d'une très haute falaise.

Quand elle retroussa ses jupons pour grimper sur le dais, il entrevit une paire de bottes noires pratiques qui couvraient ses chevilles graciles. Son corps reprit vie et sa propre excitation lui fit honte.

Ne la regarde pas, regarde les hommes. C'est d'eux que tu dois te souvenir.

Il commença à détourner son attention de la femme puis il aperçut son visage. Son cœur s'apaisa dans sa poitrine. C'était comme si tout autour de lui s'était figé, emprisonné entre deux inspirations alors que son regard se perdait sur le visage de la femme. Il y avait quelque chose dans ses traits féminins et exotiques qui l'attira. Elle avait des pommettes hautes et légèrement arrondies, une bouche sensuelle, des sourcils bien tracés et des yeux d'un bleu choquant qui étaient si clairs qu'ils brillaient comme des saphirs à la lumière qui éclairait son visage.

Quelque chose remua au plus profond de lui comme des fragments d'un rêve oublié depuis longtemps, ou peut-être les fils d'une tapisserie partiellement défaite. Était-il possible de reconnaître quelqu'un qu'il n'avait jamais rencontré ? Cette étrange sensation ne déclina pas, ce qui le dérouta. Il ne l'avait jamais rencontrée, il en était certain, alors pourquoi avait-il pourtant la sensation que c'était le cas ? Ou bien non...

Enfer et damnation ! Il ne parvenait pas à comprendre ce que son esprit et sa mémoire tentaient de lui dire.

Un des employés de la Maison Blanche vint se placer près de la scène.

— Nous entamons les enchères de ce soir par un joli cadeau pour les messieurs.

Ses mots et la beauté délicieuse qui se tenait sur scène captivèrent l'attention de tous les hommes présents.

— Mettez-vous en plein la vue avec cette princesse persane. Quels plaisirs cette beauté virginale connaîtra-t-elle dans votre lit ? Les enchères commencent à cinq cent livres.

Lawrence déglutit fort alors que les hommes qui l'entouraient se mettaient à enchérir.

Tu ne dois pas intervenir. Tu ne dois pas.

C'était bien trop familier. Il se rendit compte que ce n'était pas cette femme qu'il connaissait, mais les sensations qui entouraient cette mascarade. La peur, la panique, sa propre impuissance à faire quoi que ce soit pour l'arrêter. À l'époque, il avait été trop jeune, trop jeune et trop tardif pour sauver une femme qui avait eu besoin que quelqu'un l'aide. N'importe qui. *Son* aide.

Je ne tolérerai pas que cela se reproduise.

Il regarda la femme sur scène, observant son visage pâle et stoïque alors qu'elle écoutait les bruits de ces hommes qui voulaient la faire sienne. Resserrées sur ses jupes, ses mains tremblaient légèrement. Elle dissimulait très bien la terreur qu'elle devait ressentir et il ne put s'empêcher de l'admirer. C'est à cet instant qu'il prit sa décision.

Je ne peux pas la laisser à ces loups. Je ne vais pas laisser le passé se répéter.

Il devait agir. Au diable l'injonction de son frère de rester simple observateur ! Lawrence jeta un regard à la femme et se força à dissimuler son anxiété pour devenir le rebelle scandaleux et décontracté que le reste du monde connaissait. Il devrait se montrer convaincant dans ce rôle, sans quoi il risquerait de la perdre au profit d'un autre homme.

Accrochez-vous, ma chère. Je vais vous sauver.

À PROPOS DE L'AUTEUR

Auteure à succès reconnue par USA Today, LAUREN SMITH vit dans l'Oklahoma. Avocate le jour, elle écrit la nuit des histoires d'amour aventureuses à la lumière de son smartphone. Elle a su qu'elle était destinée à écrire de la romance lorsqu'elle a tenté de réécrire l'intégralité du film *Titanic* juste pour sauver Jack de la noyade. Elle aime toucher ses lecteurs avec des romances émouvantes, réalistes et coquines se déroulant à différentes périodes historiques. Elle a remporté de nombreux prix dans plusieurs catégories de romance, notamment le New England Reader's Choice Awards et le Greater Detroit BookSeller's Best Awards. Elle a été quart-de-finaliste de l'Amazon.com Breakthrough Novel Award et demi-finaliste du Mary Wollstonecraft Shelley Award.

Pour entrer en contact avec Lauren, rendez-vous sur son site https://laurensmithbooks.com/genre/french/ ou sur son compte Twitter @LSmithAuthor.

facebook.com/LaurenDianaSmith

instagram.com/laurensmithbooks

www.ingramcontent.com/pod-product-compliance
Lightning Source LLC
Chambersburg PA
CBHW021730190726
48288CB00009B/2985